神スキル「アイテム使用」で異世界を自由に過ごします

雪月花
Setsugekka

Illustration
にしん

目次

CHARACTER
登場人物紹介
安《あ》代《しろ》優《ゆう》樹《き》
元サラリーマンの青年。
アイテムを『使う』と
様々なスキルを
手に入れられる。
イスト
古城で暮らす
変わり者の魔女。
賢人の異名を持つ。
ファナ
未知の世界から
やってきた、
額に角を持つ
不思議な少女。

リリム
六人いる魔人の一人。
一見ちゃらんぽらんだが
恐るべき力を持つ。
メアリー
勇者の血を引く
“英雄貴族”
ヴァナディッシュ家の
令嬢。
ブラック
見かけに反して
千年以上生きている少年。
イストとは犬猿の仲。

第一使用▽いきなりの召喚で捨てられました

「ふぅー、やらかしたなー」

そう呟《つぶや》き、オレは誰もいない公園のベンチにもたれかかって空を仰《あお》ぐ。

オレの名前は安代優樹《あしろゆうき》。しがないフリーター……というか、ぶっちゃけると無職だ。つい先日までとある会社に勤めていたのだが、その会社がいわゆるブラック企業というやつだった。

朝から晩まで働き詰めで残業代はなし。挙句《あげく》、経費で落とせるはずの出費にもしばしば自腹を切らされる始末。

同僚達も限界が来ていたが、上司はお構いなしに無理難題をオレ達平社員に投げてくる。

そんな状況に嫌気がさして、オレは思わず言ってしまった。

「ここってブラック企業ですよね。明らかに労働基準法に反していませんか？」

入社間もないにもかかわらず、人目をはばからずそう宣言したオレ。当然、周りの同僚達は度肝《どぎも》を抜かれた。しばし呆気《あっけ》にとられていた上司も、見る見るうちに真っ赤になって説教を始める。

そのあとはまあ、色々な流れがありまして……

オレの一言がきっかけであの会社のブラックな噂が世間に広がり、会社の信用はガタ落ち。

当然オレは会社をクビになり、こうして昼間から公園でのんびりしている。

まあ、幸《さいわ》いというべきか、あれから会社にお役所の指導が入り、残った同僚達の待遇は以前よりはマシになったと聞く。その点は良かったと思っている。

そのことを友人に話すと〝お前は相変わらず貧乏くじ引いてるな〟と笑われた。

どうもオレは、自分が厄介な事態に巻き込まれても、それを他人事《ひとごと》のように考える癖があるらしい。別に達観しているつもりはないが、事態が自分の手に余ると逆に冷静になって、自分というキャラクターに起きている出来事を一つのイベントとして客観的に見てしまうのだ。

オレがこうなったのは、幼少期のトラウマが原因かもしれない。

小さい頃のオレはごく平凡な家庭に生まれ育ち、何不自由ない生活を送っていた。オレ自身も、どこにでもいる普通の子供だったと思う。

ところが……ある日、母親が家を出ていった。〝買い物に行ってくる〟と言って出かけたきり、彼女が家に帰ってくることはなかった。

事件に巻き込まれたのか、あるいは家族を捨ててどこかに逃げたのか、詳しい事情は分からない。

それからしばらくは学校でも色々言われた。

母親に関してからかうクラスメイトに怒り、家で涙を流したことも一度や二度ではない。だが、そうしている内に何も感じなくなっていた。からかわれても〝ああ、自分のことか〟としか思わなくなったのだ。

おかげ様でＫＹとか言われたりもするが……

「まあ、今さらこの性格を直す気はないしな。とりあえず、オレは今後も自分のペースでのんびり生きていければそれでいいさ」

誰に聞かせるわけでもなくそう宣言すると、オレはベンチから立ち上がった。

さて、これからどうするか。

まずは適当なバイトでも始めますか。給料とかは二の次でいいので、なるべく楽なバイトにしたい。

あ、その前に近くの本屋に行って漫画を買わないと。今日は楽しみにしていた異世界物の新刊が出る日だ。なんだかんだで、あの手の話は学生の頃から好きで、ついつい見てしまう。

などと考えながら公園を出ようとした瞬間――

「……ん？」

目の前の景色がぼやけ、それと同時に意識が飛んでいくのを感じた。

目眩《めまい》？　飯代ケチりすぎて貧血にでもなったのか？

そう思いながら天を見上げたオレは、空から降り注ぐ光に包まれていることに気づく。

なんだこれ？　光の柱？　一体何が――

口に出そうとしたその言葉は、薄れゆく意識とともに呑み込まれるのだった。

◇　◇　◇

「おお！　よくぞ集まってくれた！　異世界より招来せし勇者達よ！　お主達《ぬしたち》が来るのを待ち望んでおったぞ！　儂《わし》はオルスタッド王国の王ガンゼス二世じゃ」

目が覚めた時、オレが立っていたのはさっきまでいたはずの公園とはかけ離れた場所だった。

白亜《はくあ》の宮殿とも呼ぶべき中世の城。床には赤い絨毯《じゅうたん》が敷かれており、周囲には銀色の甲冑《かっちゅう》を身につけた騎士や、黒いローブを羽織《はお》った魔法使いと思《おぼ》しき格好をした人物が無数にいる。

さらに正面の玉座には、先程のセリフを吐いたであろう白髪《はくはつ》に白髭《しろひげ》を生《は》やした六十代くらいの偉そうな人物――いかにも王様な雰囲気《ふんいき》の男性が座っていた。

ここは……異世界？　まさかのファンタジー世界か？

辺りを見回すと、周囲にはオレ同様、見るからに現代日本風の男女十数人がいた。

連中も混乱している様子で、口々に疑問の声を発する。

「ちょ、ここどこだよ!?」

「異世界に勇者って、どういうことだよ!?」

「おい、オッサン！　まさかアンタがオレ達を呼び出したのか!?」

それを聞いたさっきのオッサン――いや、王様が頷《うなず》きながら答える。

「うむ、その通りじゃ。先程も言ったが、儂の名はガンゼス二世。この国の王であり、お主達を呼び出した者じゃ。そして、お主達にやってもらいたいことはただ一つ。この国を――いや、世界を救ってほしいのじゃ！」

そうして王様ガンゼス二世の説明が始まった。

なんでも、ここは『ファルタール』と呼ばれる異世界らしい。

今現在、この世界には六人の『魔人』と呼ばれる存在が現れ、彼らの手により人間の国が脅威《きょうい》にさらされている。詳しくは分からないが、それらの魔人は強く、普通の人間では太刀打《たちう》ちできないのだそうだ。

そこでこの国の王様はその魔人達を倒すべく、異世界から勇者達を召喚した、というわけである。

まあ、ここまではよく聞く異世界転移物の王道的な流れだ。オレもそうしたアニメやラノベは結構嗜《たしな》んでいるので、王様の説明をすぐに理解できた。

王様は身振り手振りを交えて、熱っぽく演説する。

「というわけで、今この世界は未曾有《みぞう》の危機にある。それを救えるのは、異世界より現れし勇者の資格を持つ者達だけじゃ。すでにお主達には『スキル』と呼ばれる特殊な能力が宿っておる！　それは異なる世界より召喚された者のみに与えられる特別な力であり、一人一つしか宿せぬ。スキルを有するということは、この世界において英雄に匹敵する能力となる！　その力を使い、どうかこの国を――いや、世界を救ってほしい！　無論、お主達を勝手にこの地に召喚した非礼は詫《わ》びる。

しかし、我らには他に選択肢がなかったのを理解してほしい。無論、勇者であるお主達の生活は儂が保証する！　異世界の勇者達よ、どうか……我らファルタールの民に力を貸してくれんか!?」

うーむ、そう言われてもなぁ。突然のことですぐには判断できない。

しかし王様の話を聞いた一部の連中がすぐさま反応を示す。

「分かりました、王様！　僕達に任せてください！」

「おお、引き受けてくれるのか！」

「もちろんですよ！　困っている人を救うのは勇者の使命。それが、僕達がこの世界に呼ばれた理由でしょう!?」

興奮した様子で名乗りをあげたのは、中学生と思《おぼ》しき十代半ばの少年。

まあ、あのくらいの年頃の子なら、いざ異世界ファンタジーに巻き込まれても困惑よりも期待や高揚感の方が勝《まさ》るだろうし、厨二病《ちゅうにびょう》も相まって王様の言うことに乗っかるかもなー。

特に勇者だとか、世界を救ってくれだとか、この年代の男の子には何より魅力的《みりょくてき》だ。

正直、オレにもそういう気持ちがなくはない。

そんな少年を、別の少年が窘《たしな》めた。

「おい、大和《やまと》。そんな簡単に引き受けるなよ」

「なんだよ、健《けん》。別にいいじゃないか。こういうラノベみたいな展開、ずっと憧《あこが》れてたんだよ、僕！　お前もそうだろう？」

「そりゃまあ、正直ワクワクしてるけどさ……」

「なら、決まりだろう。学校に行って、卒業したら社会に出て……皆《みんな》と同じレールの上を行くなんてうんざりだ。でも、僕達はもう平凡な人間じゃなくて、世界を救う勇者になれるんだぜ！」

「た、確かにそれも悪くないな」

健と呼ばれた少年もその気になってきたらしい。さらに、別の者達が追従する。

「大和君がやるなら、アタシも一緒にやろうかな」

「ああ！　僕らでこの世界に伝説を作り上げようぜ！」

「だな、こんなチャンス滅多《めった》にないぜ！　オレらは選ばれたんだから、それを素直に喜ぼうぜ！」

「まあ、報酬が出るならオレも協力しようかな……」

「おおお！　お引き受けいただき、我ら一同、深く感謝いたします！」

大和とかいう少年を中心に、同年代のグループが一致団結して次々と名乗りをあげはじめた。

うーむ、若いっていいなー。オレも彼らと同じくらいの年齢だったら、王様の頼みに素直に頷いていたかもしれない。

一方、他の連中――もう少し年上の二十代くらいの男女は、少年達を冷ややかな目で見ている。

「悪いけれど、私はパスするわ。というか勝手に召喚して世界救えとか冗談じゃないわ。私は元の世界に帰してもらうわよ」

「僕も遠慮しておくよ。やる気のある奴らだけでやればいいだろう。というか、さっさと帰してくれないか？」

不穏《ふおん》な空気が漂《ただよ》いはじめたのを感じ取り、王様が急に腰を低くする。

「も、もちろん皆様を勝手にお呼びした点は謝罪申し上げます……ですが、元の世界に帰るためにはこの世界に存在する全ての魔人を倒す必要があるのです。ひとまず皆様を召喚したお詫びとしまして、最低限の保証はいたしますので、それでどうか……」

「はー？　何それ？　結局、世界救えってこと？　はぁ、面倒くさ……」

「まあまあ、いいじゃないっすか、お姉さん。なんだったらオレがお姉さんを守ってあげるっすよ」

やたら調子の良い金髪の青年が女性に声を掛けるが、彼女はますます機嫌が悪くなる。

「余計なお世話よ。それなら、私は私で勝手にやらせてもらうわ」

「僕も魔人退治は他の連中に任せるよ。おい、最低限の保証をするって言ったんだから、ちゃんと当面僕らが住む場所を確保してあるんだろうな？」

「そ、それはもちろんですとも……」

「なんだよ、皆ノリ悪いなー！　せっかく勇者として召喚されたんだから、協力して魔王退治しようぜ！」

「魔王じゃなくって魔人な。つーか、そういうのはお前らやりたい連中だけでやれよ」

召喚された連中の一部はこの状況に不満を抱いているみたいだ。

まあ、それも当然か。全員が全員、あの中高生みたいに勇者やヒーローに憧れているわけじゃない。

自分達の生活があって、こんなの迷惑だと感じている奴も多いはずだ。

とはいえ、先程の王様の話を聞く限り、元の世界に戻る手段は今のところないらしい。

ならば、否応《いやおう》なく当面はこの世界に順応しないといけないわけか。

オレ自身、当事者の一人だというのに、例によって他人事みたいにこの状況を受け止めていた。

そんなオレ達を一通り眺《なが》めていた王様は背後に控える魔術師達を呼んだ。彼らは両手に大きな水晶玉を持っている。

「それでは、皆様。まずは皆様が獲得したスキルをこちらの水晶玉にて確認させていただきます。そのランクに応じて、皆さまへの援助や支援を行いたいと思いますので、どうぞよろしくお願いいたします。Bランクならばこの城に用意した部屋を、Aランクならば今は使われていない貴族邸を居住地としてお使いください」

王様の発言を聞き、周囲にいた全員が息を呑む。

「おい！　貴族邸ってマジかよ！」

「ひゅー、さすがは王様。オレら勇者様に対する歓迎ってやつが分かってるねー！」

「でも、ちょっと待ってよ。BランクとAランクの扱いは分かったけれど、それ以外ならどうなるの？」

「ははは、心配は無用ですよ、皆様。転移者であるあなた方に宿るスキルは必ずBランク以上のものと決まっております。過去にも我々は幾度《いくど》か異世界から勇者様を召喚しましたが、その方達も皆AランクかBランクスキルの保有者だったと記録が残っております」

「そっか。じゃあ安心っすね」

「そういうことなら、早く僕らのスキルを教えてくださいよ！」

「オレも一応自分のスキルとやらを確認しておくか」

そう言って、先程まで乗り気ではなかった連中も、水晶玉を持つ魔術師達へ近づく。

まあ、それもそうか。オレも『スキル』という単語には期待してしまう。

こういう異世界に来て真っ先に確認すべきもの。それが己《おのれ》に備わったスキルだ。それ如何《いかん》によって、今後のこの異世界生活の全てが決まると言っても過言ではない。まさに一世一代の大ガチャだ。

実はオレも異世界ファンタジー小説を読みながら、自分だったらどんなスキルが宿るだろうかと空想したことがある。どうかSSランクのスキルが当たりますようにと、心の中で祈りを捧《ささ》げるオレを横目に、早くもスキルの確認が始まった。

王様の指示に従い、水晶を持つ魔術師達が召喚された者の前に行って、次々とスキルを確認しては賞賛や祝福を与えている。

「これはすごい！　スキル『万能魔術』！　この世界のあらゆる魔術を最初から使用できるスキルのようです！」

魔術師の報告を聞き、王様のテンションも上がる。

「おお、さすがは勇者様！」

「こちらの方のスキルもすごいです！　スキル『超速成長《ちょうそくせいちょう》』！　通常の十倍以上の経験値を入手するというものです！」

「なんと！　それならばすぐに魔人とも渡り合えるレベルになれますぞ！　さすがは勇者様方！　皆様が協力すれば、すぐにでもこの世界を救い、元の世界にも戻れますぞ！」

今まで乗り気ではなかった連中もまんざらではない笑みを浮かべ〝まあ、ちょっとくらいは協力してやるか〟などと言っている。

気持ちは分かるよ。異世界に召喚されて、強力なチートスキルを手に入れれば、気分は高揚《こうよう》するし、やる気も出てくるというもの。人間は特別扱いに弱い生き物だ。

かく言うオレもその一人であり、まだかなーと、内心ワクワクしながら待っている。

そして、とうとう目の前に魔術師の男が立った。

「では、次はあなた様のスキルを確認いたします」

オレはゴクリと生唾《なまつば》を呑み込んで頷いた。男は手の中の水晶を輝かせる。

さあ、オレには一体どんなスキルが宿っているんだ!?

しかし……そんな期待に満ち溢《あふ》れた時間は、一瞬で崩れ去った。

「……あー」

「？　あの、どうしたんですか？」

オレの目の前でなんとも言えない表情を浮かべる魔術師の男。

それに気づいたのか、王様がこちらに近づいてきた。

「どうしたのじゃ？　この方のスキルがどうかしたのか？」

「いやー、それが、そのー……」

男は手に持った水晶をおずおずと差し出す。

そこに書かれた文字は――『スキル：アイテム使用』というものであった。

「？　なんじゃこれは？　アイテム使用？　それは一体どんなスキルじゃ？」

王様の問いに、オレも首を傾《かし》げる。

確かに。なんだろうか、アイテム使用って？　名前だけ聞くとアイテムを使用するスキルっぽいが。

「はあ、それが……そのままの意味らしく、アイテムを使用するスキルのようです」

魔術師の説明を聞き、王様の顔に失望の色が浮かびはじめる。

「は？　それだけなのか？　他に何かないのか？」

「いえ……説明にはただ単に〝アイテムを使用する〟としか記載がありません……」

「……ええと、ランクはなんじゃ？」

「それが……ないんです……」

「何？」

「ランクの部分に何も書かれておらず……」

そう言って男が再び見せた水晶玉には〝スキルランク：―〟と、何やら棒線のマークがあった。

ええと、これっていわゆるランク不明というか、そういう感じのやつ？　というか、アイテムを使うスキルとか、あまりに用途が意味不明すぎてランク付けすらできない感じ？

オレと王様、魔術師の男の間に流れる沈黙。

やがて、王様と魔術師は何も見なかったかのように背を向けた。

「さあ！　どうやら皆様のスキルが判明したようですな！　いやー、さすがは勇者様達！　素晴らしいスキルばかりです！　これなら皆様の活躍《かつやく》も期待できます！　無論、今後皆様が住まわれる場所は我々が確保いたしますので、Bランクの方はこの城に用意された部屋を、Aランクの方は後ほど案内いたします館《やかた》を自由にお使いくださいませ！」

『おおおおおおおー!!』

王様の宣言に沸き立つ声。

いや、ちょっと待って、オレは？　素晴らしいスキル？　活躍？　どこが？

しかし、オレが問いかけるよりも早く、王様が再びこちらに顔を向けた。

「えー、その……あなた様のお名前は？」

「はあ、えっと、安代優樹です」

「あー、ユウキ様。そのー、申し訳ありませんが、どうもこちらのミスだったようで、あなたには勇者の資格がないみたいなのです。とはいえ、我々としても、あなたを呼んでおいて、勇者ではなかったからはいさようなら……というのは心苦しいです。そこで、どうでしょうか？　こちらに金貨を百枚用意しました。これだけあれば当面は食べるにも困らないと思うのですが……」

えーと、つまりこれはあれか。

厄介払い。

保有しているスキルがクソの役にも立たないゴミだと判明したので、とりあえずオレを追っ払って、残りの勇者様達でなんとかしてもらおうと。

なるほどね。やっぱこの王様、腹黒だったか。なんとなくブラックな気配を感じていたんだよね。

全てを察したオレに、王様は懐《ふところ》から出した金を押し付ける。

「いやー、ここで揉《も》めるのはお互いになんですから、これで納得してもらえませんか？　ご不満でしたら、また日を改めて来てくだされば、もう少し上乗せも考えて――」

「あ、いえ、これで十分です。それじゃあ、お邪魔だと思いますし、オレはもう行きますね」

「おお！　そうですかー！　いやー、ほんっと申し訳ない！　今後はこういうことがないよう、転移には気をつけますので、どうかユウキ様もお元気で！」

いや、今後気をつけてもらっても、オレの失敗はどうにもならないんですけど。

そんな言葉をぐっと呑み込み、オレは半《なか》ば兵士に追い出されるようにして城を後にした。

分かってはいたが、チートスキルのない転移者に対して容赦《ようしゃ》なさすぎじゃないですか？　異世界。

というか、最低限の保証をするとかいってこの有様《ありさま》かよ。いやまあ、この金貨がその〝最低限の保証〟ってことなんだろうけど。

しかし、こうなってしまった以上、文句を言っても仕方がない。

元々オレは、この世界のために戦うなんて話にはあまり乗り気ではなかった。

むしろ、これは逆に好機だと受け取るべき。オレは国や王様とかのしがらみもなく、この異世界で自由に生きていく権利を得たんだ。うん。

そう前向きに考え、オレはとりあえず手持ちの金貨と役に立たないゴミスキル『アイテム使用』を使って、この世界で自由にのんびり生きようと決意する。

「とはいえ、これからどうするかなー」

先程の王様とのやり取りのおかげで、無事この世界でもニートとなったオレ。

幸いというべきか、王様からのお慰《なぐさ》みということで金貨が百枚ある。果たしてこれがどれくらい保《も》つかは謎だが。

「あー、それと自分のスキルも一応活用していくか」

そうボヤいて、オレは右手を掲《かか》げる。

すると、視界の端《はし》に『スキル：アイテム使用』という文字が浮かび上がった。

なるほど。これでスキルを使用するのか。こういうのはラノベとかで結構読んできたので、なんとなく分かっているつもりだ。

早速、視界右端の『アイテム使用』に意識を集中させると、スキルが発動した。


スキル『アイテム使用』――金貨百枚を使用します。


ん？　ちょっと待て。今、なんかとんでもないワードが聞こえたぞ。

金貨百枚を使用？　オレはすぐさま懐に入れていた袋を取り出して確認する。当然そこには、王様からもらった金貨百枚が入っていたのだが……

「うえっ⁉」

オレは思わず間抜けな声を上げる。

なぜなら、袋の中の金貨が目の前でどんどん消失していき……最後には一枚もなくなった。
バ、バカな⁉　先程まで袋いっぱいに入っていた金貨百枚がゼロに……？
う……嘘だろう、このスキル⁉

「ちょ！　たんま！　今のなし！　今のスキル使用しない！　間違い間違い！　戻して！　使った金貨戻して‼」

オレは必死に自分の脳内――というかスキルに話しかけるが、返ってきた答えは無情の一言であった。

『アイテム使用により消費されたアイテムを戻すことはできません。全て使用されました』

なん……だと……？

思わずその場に崩れ落ちてしまった。

お、終わった……オレの人生……異世界転移……これで完全に詰《つ》んだ……

なんだよこれ……なんなんだよ……ハズレなんてレベルじゃない……

ひどい、ひどすぎる……ゴミオブゴミ……ゴミ以下のクソスキルじゃないか……

なんでオレのスキルだけこんなハズレになったんだよ……

いつものように冷静に受け止めたいが、王様に捨てられた直後にこれとは……さすがに今回ばかりは自分の未来を悲観してしまう。

しかし、うなだれるオレの脳内に新たな言葉が響いた。


スキル『アイテム使用』により金貨百枚を取り込んだことで、ニュースキル『金貨投げ』を取得いたしました。


ん？　『金貨投げ』？　なんだそれ？

オレは無意識のうちに顔を上げ、視界の端を見る。

すると、スキル『アイテム使用』の下に、さっきまで存在しなかったスキル『金貨投げ』という文字があった。

「……なんだこれ？」

オレは『スキル：金貨投げ』と書かれた文字に指で触《ふ》れる。

すると、そこに何やら説明文が出てくる。

スキル：金貨投げ（ランク：A）　現在の金貨枚数：100
効果：金貨を消費することで敵にダメージを与えるレアスキル。同系統のスキルに『銀貨投げ』『銅貨投げ』があるが、金貨という貴重な貨幣を消費する分、強力。金貨一枚の使用で敵全体に1000の固定ダメージを与える。このダメージは使用する金貨の枚数を増やすほど増えていく。また、敵のあらゆる防御系スキルを無視し、肉体を持たない対象にも有効。

……何これ？

なんか、書いてあることはやたら強そうだし、一応レアっぽいスキルのようだ。

よく見ると『現在の金貨枚数：１００』とも書かれている。

これは先程『アイテム使用』で消えた金貨のことか？　つまり、これが弾丸の数？

でも、なんでいきなりこんなスキルを取得したんだ？

考えられる可能性は一つしかなかった。

「……ちょっと待てよ。このスキル、もしかして……」

オレは慌てて、『アイテム使用』と書かれたスキルを確認する。

そこには『スキル：アイテム使用（ランク：一）　効果：アイテムを使用する』とだけ書かれている。

だが、もしもここに記載されていない効果がスキルに宿っていたら……？

オレはすぐさま近くにいた街の人に話しかけ、この街にあるゴミ捨て場の場所を聞くと、そこへ向かってダッシュで移動する。

全く土地勘はなかったものの、思ったよりも近くにあったおかげで、数分とかからずゴミ捨て場に到着した。

「ここか……」

大通りから脇に逸《そ》れた人気《ひとけ》のない一画の空き地に、様々なガラクタが山と積まれていた。

オレはすぐさまそこに捨てられたアイテム達に手を伸ばす。

折れた剣、穴があいた盾、中身のないポーションの瓶《びん》、使用期限が切れた毒消し草などなど。

ついでによく分からないゴミとかも片《かた》っ端《ぱし》から手に取り、スキル『アイテム使用』を使っていった。

「アイテム使用。アイテム使用。アイテム使用っと」

手に持ったガラクタやゴミが次々と消え、光の粒子《りゅうし》となってオレの体内と吸収されていく。

やはりそうだ。スキルによって使用したアイテムは全て変換されるんだ。

そして、オレの予想が正しければ――


新たなスキルを獲得しました。スキル『武具作製』スキル『薬草作製』スキル『毒物耐性』スキル『鉱物化』

おお、なんか色々手に入れたぞ。

どうやら『アイテム使用』というのは、文字の通りアイテムを使用するだけではなく、そのアイテムのあらゆる成分を取り込み、スキルとしてオレの中に還元する能力のようだ。

スキルの重複もあるのか、取り込んだアイテム全てから新しいスキルが得られるわけではなさそうだが、言ってしまえばこのスキル一つでオレはあらゆるスキルを取得できるってことじゃね？

うわー、これ、滅茶苦茶《めちゃくちゃ》チートじゃん！

もちろん、スキル取得にはそれ相応のアイテムを手に入れて、それを〝使用する〟必要があるんだろうけど……

にしても、この時点で既にスキルの数六個かー。

王様は〝スキルは一人一つ〟って言ってたが、その大原則を破るオレの『アイテム使用』。やばくね？

と、それはそれとして、先程手に入れたスキルを見ていこう。

前半二つ――『武具作製』と『薬草作製』は分かるけど、後半は効果がよく分からないな。

『毒物耐性』なんて、どうして覚えたんだ？　と、よく見たらゴミの中には明らかに腐った薬草や消費期限切れのポーションなども交じっていたようで、オレはそれらも構わず使用していたらしい。

体内に毒物を取り込んで、それを解析して『毒物耐性』のスキルに変換した……って感じか。

しかし、このスキル『鉱物化』とはなんぞや？

スキル：鉱物化（ランク：B）
効果：体を様々な鉱物に変化させる。最初は腕や足などの一部分を岩石に変化可能。
レベルに応じて効果が上昇し、全身をダイヤモンド並の硬度に変化させ、自由に動くことも可能になる。

おいおい、マジかよ。このスキルも相当チートじゃねえかよ。

最初は一部分を岩くらいの硬さにしかできないみたいだが、最終的には体全体ダイヤモンドとか、硬すぎだろう。

しかし、ランクは先程の『金貨投げ』よりワンランク下のBなのか。

あー、でもそうか。『金貨投げ』は相手がどんなに強力な防御系スキルを使っていても、それを貫通して固定ダメージを与えるって書いてあったもんな。たとえダイヤモンドで覆われ、物理攻撃無効状態でも、『金貨投げ』の方が上ってことか。まあ、金貨っていう、ある意味、最も貴重なアイテムを消費して使うスキルだから、それくらい強くないとおかしいか。

そう思いながらオレは他のスキルの確認もしっかりと行う。

ふむふむ。『武具作製』はオレが取り込んだ武器や防具を参照して、それを作り出すスキルか。

『薬草作製』も同じような説明だ。

ってことは、さっきオレが取り込んだ、錆《さ》びて折れた剣とかも作れるのかな?

そう思ってスキル『武具作製』を意識すると、オレの右手に瞬時に新品の剣が現れた。

「おお! 新品じゃん」

見ると『武器:ロングソード』と表示が出た。

なるほど。まあ、定番の武器だ。おそらく、ここに捨てられているのはほとんどが同じロングソードなのだろう。

ということは、レアな武器を作製するとなると、それを手に入れて『アイテム使用』で取り込む必要があるみたいだな。

ふむ。今のところこの『武具作製』と『薬草作製』は普通の品物しか作れないが、これはこれで重宝する。

何よりも、買い物の手間が省《はぶ》けた。これだけでもかなり大きい。

ぶっちゃけ、この二つのスキルが当面のオレにとっては一番の当たりかもしれない。

そうしてオレは一通りゴミの中から使えそうなアイテムを使用し続け、もうこれ以上スキルが増えないのを確認すると、もといた街の通りへと戻った。

さて、これからどうするか。

ひとまずスキルに関しては十分な数が揃ったと言える。

手持ちのお金はゼロだが、これだけのスキルがあれば、一人で魔物退治をして路銀《ろぎん》を稼《かせ》げそうだ。

なんだったら、『武具作製』で作った剣や盾を売って、当座を凌《しの》ぐというのも可能だが、それはあくまで最終手段としよう。

せっかく異世界に転移したんだから、自分の能力で何ができるか可能な限り試したい。

そう思ったオレは、とりあえず冒険者ギルドを探すことにした。

異世界と言えばギルド。そして、ギルドと言えば仕事にありついて報酬をゲット。

短絡的な思考だが、それ以外に良い案がないので、オレはギルドへ向かった。

街の人達の情報をもとにしばらく歩くと、立派な建物の前に出た。

三階建てくらいの大きな施設で、扉の前にはでかでかと〝冒険者ギルド〟という看板がかかっている。

意を決して扉を潜ると、中は酒場風の造りになっていて、いかにも冒険者という格好の人間があちらこちらにたむろしていた。

おお、昼間からビール片手に談笑している屈強《くっきょう》な男連中を見ると、ファンタジー世界に来たという実感が湧いてくる。

壁には色々な紙が貼られていて、何人かの冒険者らしき人々が物色していた。

気に入ったものが見つかると、それを取り、奥のカウンターにいる女性に渡すようだ。

あれが依頼書というやつだろうか？

なるほど、実にギルドらしい景色だ。

とりあえず、オレも貼り紙を一つ一つチェックしていく。どれどれ……

ゴブリン退治に、近くの山での薬草採取、東の洞窟にある水晶の回収、ゼータ海域にいるクラゲフィッシュを合計十体捕まえてほしい――などなど。思ったよりもたくさんの依頼書が貼ってある。

そこには銅貨何枚だの、銀貨何枚だのと報酬もキッチリと書かれていた。

ううむ、さすがに金貨報酬の依頼書はないのか。なんだかんだ言ってもあの王様がくれた金貨百枚って、マジで大金だったんだな。

何の考えもなしに全部『アイテム使用』に使ったのはやはり勿体無《もったいな》かったか……いやまあ、今さらだけど。

そんなことを思いながら貼り紙を見ていると、一つ気になる依頼書が目に入った。

「ん、これは……」

『急募！　プラチナスライム討伐者求む！　キルギアス古城にて数体のプラチナスライムが現れ、城内の金属を次々と捕食中。このプラチナスライムを討伐《とうばつ》ないしは放逐《ほうちく》してくれた者に金貨五十枚の報酬を与える！　ギルド難易度：A』

ほう、プラチナスライムとな。これは経験値の匂いがする。というか、金貨五十枚ってかなり美味《おい》しくね？

正確な価値は分からないが、他の貼り紙の報酬が銀貨や銅貨なのに比べて、これだけが金貨になっている。

しかも討伐対象がプラチナスライムという、よく分からないが経験値の香りしかしない魔物とか、もう受けるしかないでしょう。

それにしても、なぜ他の冒険者達はこんな美味しそうな依頼を受けないんだ？

不思議に思ったものの、オレはあまり深く考えずにその貼り紙を壁から剥《は》がし、先程冒険者がやっていたようにカウンターにいる女性に渡した。

「いらっしゃいませー。こちらの依頼をお受けになりますか？」

「はい、まあ、そのつもりです」

「分かりました。それでは確認させていただきますね」

そう言って笑みを浮かべる受付のお姉さんだったが、オレが持ってきた依頼書を見るや否《いな》や、顔色を変えた。

「！　ちょ、あ、あの、ほ、本気でこの依頼を受けるおつもりなのですか？」

「？　ああ、まあ、そのつもりだけど」

そう答えると、なぜか彼女は困惑《こんわく》した様子を見せる。

「し、失礼ですが……あなた様のレベルはおいくつでしょうか？」

「レベル？」

と言われても、いくつなんだろうか？

オレはスキル使用の時と同じ要領で意識を集中させ、自分のレベルを思い浮かべてみる。

すると視界の端に何やら数字が浮かび上がった。

「ええと、1みたいですね」

まあ、そりゃそうだよな。転移してすぐだもんな。

受付の女性は露骨《ろこつ》に呆《あき》れた表情を浮かべる。

「あ、あのですね。この依頼にありますプラチナスライムという魔物は、数ある魔物の中でも討伐困難な魔物として知られておりまして、そのランクは規格外のＥＸなのですよ」

ランクＥＸ!?　スライムが!?　というか、プラチナスライムってそんなに強いの!?

想像と全く異なる説明にうろたえるオレを見て、受付の女性は丁寧に教えてくれる。

「そもそもスライム自体の強さはかなりのものなのです。種類にもよりますが、多くのスライムがランクＢ以上の危険な魔物とされています」

「え、そうなの？」

「当然です。あの液状で不定形の体はあらゆる物理攻撃を無効化し、一度その体もしくは触手に捕らえられたら、強力な溶解液によりたちまち防具を溶かされ、体全体を呑み込まれてしまいます。唯一通じる攻撃が魔法ですが、こちらも生半可な魔法では傷を与えるのも困難なのです」

ほえー、スライムってそんなに強いんだ。なんかゲームや漫画の印象で、ザコの代名詞と思っていたよ。

でも、考えてみればそうか。海外の古いゲームだとスライムはむしろ強敵のイメージらしいし。

「中でもプラチナスライムはスライムにおける唯一の弱点を克服した完全無欠の魔物と言えます。全身を特殊な金属で覆うことにより、あらゆる魔法攻撃を受け付けなくなったのです。もちろん金属と言っても、どういうわけか液状の体のままそれを維持しています。つまり、物理・魔法その両方の攻撃がプラチナスライムには一切通じないのです」

まあ、この手の金属スライムは、倒し難いのは定番ではある。

「このプラチナスライムを倒す手段があるとすればそれは特殊なスキルのみになりますが、多くのスキルは物理、魔法のいずれかに分類されます。それらに属さない特殊な攻撃スキルともなれば本当に数えるほど。実際、プラチナスライムと真っ向から戦って退治したという報告は、これまでギルドに伝わっている全てを合わせても、数件しか聞いたことがありません。つまり、レベル1のあなたどころか、この国に召喚されたと噂される異世界の勇者であろうと、プラチナスライムを倒すのはほぼ不可能なのです」

女性はオレが無謀《むぼう》な依頼を受けないように、スライムの強さについて長々と説明してくれた。

「この依頼も、実際は討伐というよりも古城からプラチナスライムを追い払ってほしいというのが本音《ほんね》でしょう。もちろん、それも熟練の冒険者が何グループも参加してようやく追い払うことが可能です。しかし、掛かる労力や複数の冒険者グループが協力する煩雑《はんざつ》さを考えれば、金貨五十枚ではとても足りません。ですから、この依頼は放置されているのです」

なるほど、そういうことだったのか。

道理で報酬が高い割に誰も手をつけないわけだ。大人数で割ったら一人あたりの報酬が最悪金貨一枚以下になるかもしれない。しかも、相手が討伐不可能な魔物なら、誰だって行きたがらないよなー。

「でも、そうなると、この依頼主が少し気の毒だな」

「それは……仕方がありません。幸いというべきか、プラチナスライムが主に捕食対象としているのは人間ではなく金属や鉱物。ですので、建物内の金属を食べ尽くせばプラチナスライムは自然とどこかへ立ち去るでしょう。もちろん、城を滅茶苦茶にされた依頼主は、今後の生活に大変苦労するでしょうが……」

だよな。それって下手したら今のオレと同じで、手持ちが全部なくなるってことだよな。うーん……なんだか他人と思えなくなってきた。

「分かりました。それじゃあ、この依頼受けます」

「はい、その方がいいですよ。何も死に急ぐことは……え？」

オレの返事を聞いた受付の女性は、一瞬ポカーンとした表情で見つめ、ついで慌《あわ》てた様子でオレを引き留める。

「ちょ⁉　な、何を言ってるんですか⁉　私の話聞いてました⁉」

「ああ、うん。聞いてたよ。それって、一人で倒せば金貨は丸々オレの懐に入るんでしょう？」

「ですから！　倒せないって言ってるんですよ！　物理攻撃無効！　魔法攻撃も無効！　少しでも近づけば触手が伸びてきて、それに触《ふ》れられればたちまち体内に取り込まれて消化されてお陀仏《だぶつ》！　そんな相手をどうやって倒すんですか⁉」

「まあ、手段がないわけでもないんで」

「はあー⁉　あなたレベル1の素人《しろうと》ですよねー⁉　どんな手段があるって言うんですか⁉」

女性はいよいよ信じられないといった様子で声を荒らげる。

「ここで言うのもなんなので、とりあえずその場所を教えてもらえませんか？　できれば地図でお願いします。すぐにでも行きたいんです」

女性は呆れた顔で〝はあー〟とクソでっかいため息をこぼし、引き出しから地図を取り出すと、この街とそのプラチナスライムが占拠している古城に印を付ける。

「ここです。街からこの古城までは途中にあるウッソウ森林を抜ける必要があります。このウッソウ森林にもゴブリンやコボルト、最近だとワーウルフなども出るようになっているので、レベル1のあなたが一人で行けば死にますよ。まあ、古城までの距離は歩いて数時間なので、運が良ければ魔物に出会わず行けるかもしれませんが……」

「分かりました。それじゃあ、ご丁寧にどうも。あ、この地図もらってもいいですか？」

「どうぞお好きに。冥土《めいど》の土産《みやげ》代わりに、タダで差し上げますよ」

そう言って、彼女はオレに地図を渡してくれた。

冥土の土産って……死ぬ前提かよ、ひどいな。まあ、でも普通に考えればそうか……

だが、勝算はある。個人的には『金貨投《こ》げ《れ》』がちゃんと効くのか試してみたいという気持ちが強い。

「よし、それじゃあ行くか」

こうしてオレは地図を手にこの異世界での初めての冒険へと乗り出した。

◇　◇　◇

「ここが古城か」

あれからしばらく。

街を出て森を抜けたオレの前には目的の古城がそびえ立っていた。

立派な石造りの城で、その大きさはオレが召喚された王城ほどではないが、その半分くらいはあり、かなりの規模だ。

ところどころ風化によって壁に亀裂ができたり、草が生《お》い茂《しげ》ったりしているが、それはそれで年月の経った建物として、不思議な威圧感を放っている。

ちなみに……この古城へ来る途中の森で魔物のグループに遭遇《そうぐう》した。

相手はおそらくコボルトだと思われる。ブルドックのようなちょっとブサカワな顔をしており、全身毛皮で覆われている二足歩行の魔物だ。奴らは質素《しっそ》な鎧《よろい》や服を身にまとい、手には手製の斧《おの》やボロボロの剣なんかを持っていて、オレを取り囲んできた。

数は五体。

初めての戦闘、しかも一対多数ということもあり、オレはビビって『金貨投げ』を使おうとしてしまったが、すんでのところで思い留まった。

それは最後の手段として、まずはスキル『鉱物化』で対処してみた。

いやー、これがかなりの便利スキルだったんだよね。右腕がまるまる石のように硬くなり、素手でコボルト達を殴り倒せた。しかも、あいつらが持っていた武器は、オレの腕に当たるや否や、折れたり、砕けたりして、こちらは一切ダメージがない。

途中でレベルが上がったのか、いつの間にか両腕を石に変化させることが可能となり……そうなったらもうずっとオレのターン。

両手でコボルト達を殴っていたら、連中はすぐに戦意喪失《せんいそうしつ》して逃げ出した。

ちなみに、この戦闘の結果、オレのレベルは3に上昇している。まあ、1も3も大して変わらないと思うけれど。

少しばかり道中を振り返りながら、オレは目の前の古城をゆっくりと観察する。

今この城の中にはプラチナスライムがいるらしいが、依頼主はどこだろうか？

ぱっと見、この古城に誰かが住んでいるようには思えない。

入口と思《おぼ》しき門に近づき、扉を叩く。

しかし、いくら待っても反応がない。

うーん、ひょっとしてこの古城にいる人、もうプラチナスライムに食われた？

そんな最悪な結末が脳内にチラついた瞬間――

「お主、ギルドから来た冒険者か？」

ふと背後から声を掛けられた。

振り向くと、そこにいたのは十二、三歳くらいの女の子。

真っ白いローブに身を包み、頭に白いとんがり帽子《ぼうし》、背丈よりも大きな杖《つえ》を持った、白い魔女とでも表現すべき服装のロリ少女が立っていた。

「え、こ、子供？」

思わずそう呟くと、少女はカチンと来たらしく、近づいてきてオレの額《ひたい》に杖を当てる。

「こら！　誰が子供じゃ！　儂はお主なんかよりもはるかに年上じゃぞ！　もっと年長者に対して敬意を払え！」

「あいた！　って、年上!?　君が!?」

オレの素直な感想を聞き、目の前の少女が不満そうに顔をしかめる。

「君ではない。儂の名前はイスト。こう見えて数百年は生きる魔女じゃ。口の利き方には気を付けよ、小僧」

「ま、魔女!?　君みたいな幼女が数百年も生きてるって、マジ!?」

そういう設定はアニメとかマンガの中だけだと思ってたよ。

イストと名乗った魔女は一瞬こめかみに青筋《あおすじ》を浮かべるが、すぐさま首を振って落ち着きを取り戻した。

「……ふぅー。まあ、世間知らずの小僧相手なのだ、多少の無礼は大目に見るとしよう。それよりもまさか、お主のような新米の小童《こわっぱ》一人でプラチナスライム退治に来たわけではあるまいな？」

「はあ、一応、そのつもりですけど」

オレがそう答えると、イストは明らかに呆れた様子でため息をこぼす。

「……はあ、やはりギルドの連中は誰も協力してはくれんか……まあ、それもそうじゃな。相手がプラチナスライムではお手上げか……挙句、このようなどこの田舎《いなか》から出てきたかも分からぬ素人が一人来ただけ。はあ……儂の研究資料もこれまでか……こうなっては、この古城を廃棄して新しい拠点を探すしかない。ああ、儂の百年近い研究の成果が……うぅぅ……」

何やらすでに諦《あきら》めムードで、涙を浮かべるロリ魔女。

「いやいや、待ってくださいよ。ここに一人、依頼を受けた冒険者がいるんですから」

そう言ってイストに待ったをかけるが、彼女は胡散臭《うさんくさ》い目でオレを見る。

「……お主のような素人に何ができる。見れば、たかだかレベル３のようじゃが、それでプラチナスライムを倒す気か？　こう言ってはなんじゃが、お主のレベルではただのスライムにも瞬殺されるぞ。悪いことは言わん。連中の養分にならんうちに帰るがよい」

魔女っ子は片手を振って帰れというジェスチャーをする。

うーむ、オレのレベルが３だと瞬時に見抜くとは。

しかし、どうやら彼女はオレが持つスキルまでは分からなかったようだ。

ならばお見せしましょう。この異世界に来てオレが会得《えとく》したチートスキルの正体を。

「とりあえず、依頼を受けた以上、やるだけのことはやらせてもらいたいんです。そのプラチナスライムがいる場所はどこですか」

オレの質問にイストは呆れたような視線を向けるが、何を言っても無駄だと判断したのか、ため息混じりに〝こっちじゃ……〟と古城の門を開けた。

彼女は先に立って説明しながら、目的の場所へ案内してくれる。

「プラチナスライムの数は合計四体。しかも、そのどれもが中型の大きさで、四～五メートルある。

すでに知っておるかもしれないが、連中は物理・魔法いずれの攻撃も完全に無効化する。ただのスライムであれば儂の魔術で焼き焦がせるのじゃが、相手が魔法無効化まで持つプラチナスライムではお手上げじゃ。何度も言うがお主のような素人が勝てる相手ではないぞ。仮にお主が捕食されても儂は知らんぷりして逃げるからな」

「はあ、まあ、それは仕方がないですね……」

それにしても、四、五メートルもあるのは正直予想外だ。某国民的ＲＰＧの影響でプラチナな質感の愛らしいスライムを想像してたが、やっぱり実際の異世界だと全く違うのね。まあ、当然と言えば当然か。

と、そんなことを思っていると、通路を歩いていたイストが立ち止まり、杖を構えた。

「……いたぞ。あの通路の先じゃ」

見ると、Ｔ字路の先を巨大な銀色の何かが、ゆっくりと這《は》っていた。

うお、でけえ。かなりの幅で天井すれすれの高さまである物体が這い進む姿はまさに圧巻。

想像よりも迫力があり思わず怖気《おじけ》づきそうになるが、ここで逃げるわけにはいかない。

オレはぐっと足に力を入れる。

幸い、プラチナスライムはこちらに気づいていない様子で、奥の通路をゆっくりと移動している。

「プラチナスライムはこちらから攻撃しない限りは反撃しない魔物じゃ。そのため、連中に出くわしても手を出さなければ比較的安全じゃ。とはいえ、この城のように珍しい金属がある場所に現れれば、そこにある金属を全て平らげるまではいなくならなくてな……儂みたいに人里離れて研究している魔術師にとってはあれが最も厄介な魔物じゃ。あれを相手にするくらいなら、今世間を騒がしている魔人を相手にした方がはるかにマシじゃな……」

はあ……と、ため息をこぼすイスト。

なるほど。王様が言っていた魔人よりも、このプラチナスライムの方が強敵なのか？　まあ、人にもよるのかもしれないが。

そう思いながらオレは早速、スキル一覧にある『金貨投げ』を選択する。

「それで、これからどうするんじゃ。まさかお主のスキルであやつをどうにかできるとでも思――」

「スキル『金貨投げ』」

イストが何やらからかうような口調で聞いてくるが、オレは答えるより早くスキルを発動した。

目の前のプラチナスライム目掛けて、『金貨投げ』を使用する。

視界の端には『現在の金貨枚数：１００』という文字が浮かんでいる。これはオレが『アイテム使用』で取り込んだ金貨の枚数そのままであり、言わば残弾数だ。

使用する金貨の数は……一発で仕留められなかったら嫌だからな、念のため十枚使うか。

その瞬間、オレの指から金貨が弾《はじ》かれた。

とてつもない速度で飛翔《ひしょう》した弾丸はプラチナスライムに命中すると、その体をゼリーのようにやすやすと貫通し、瞬時に消滅させる。しかも、それだけではなく、奥にあった壁すら撃ち抜いて大

穴を開け、光の速さで青空へと消えていった。

え、ええっと、何が起こった？

あまりの事態にオレは呆気に取られて立ち尽くしていたが、それは隣《となり》にいるイストも同じだ。彼女は、呆然《ぼうぜん》とした表情のまま固まっていた。

「……お、お主……い、今……な、何をしたのじゃ……？」

「ええと、金貨投げ？」

恐る恐るオレがそう答えると、イストは目の前にいたはずのプラチナスライムの残骸《ざんがい》――すら残っていない空間を見つめながら呟く。

「プ、プラチナスライムが……あ、跡形もなく消滅した……こ、こんなの聞いたことがないぞー!?なんなんじゃ、お主はあああああああああ!?」

「い、いや、そんなのオレが知りたいっていうか……！　ちょ、掴《つか》みかからないでくださいよ、イストさん！　ま、まだ他のプラチナスライムは残っているんでしょう!?」

「プラチナスライムなどどうでもいい！　今はお主のことが知りたい！　ええい、いいから洗いざらい全て儂に話せー！」

「え、ええーーーー!?」

この後オレは、魔女イストに自分のことを延々《えんえん》と話す羽目になったのだった。

◇　◇　◇

「なるほど……『アイテム使用』……そのようなスキルがあったとは……」

オレの説明を聞き終えたイストは、興味津々《きょうみしんしん》な様子でこちらを眺めながら続ける。

「『金貨投げ』についても聞いたことはある。かつて栄華を極めし黄金王国の初代国王〝金色《こんじき》の王〟ガルドが持っていたとされるユニークスキルじゃ。伝承では、彼の手から放たれた金貨はあらゆる敵の防御を貫通し、一撃で相手を仕留めたという……じゃが、その初代国王以来、『金貨投げ』を有する者が現れた記録はない。しかし、まさかお主がそのスキルを取得するとは！　それも『アイテム使用』とかいうスキルの副産物で……」

「はあ、なんだかすみません」

『金貨投げ』がそれほど大層なスキルだとは思いもよらなかった。

それならそうと、スキルの説明欄に書いておいてほしかったなー。

だが一方で、イストはますます興味深そうな目を向けてくる。

「お主のその『アイテム使用』についてなのじゃが、儂にも聞き覚えがない。おそらく、これまで誰も手にしたことのないユニークスキルじゃろう」

「はあ、そうなんですか。オレはてっきり最初はハズレスキルかと」

「それは儂も同じじゃ。実際、最初にお主を見た際、すまぬがステータスと一緒にスキルも確認させてもらった。そこには〝アイテムを使用するスキル〟とだけ書かれていて思わず噴き出しそうになったわ。じゃが、これは皆が騙《だま》されるのは当然じゃろう。一体どういうスキルなのじゃ……儂にもさっぱり分からぬ……」

そう言ってますますオレの体をジロジロと見るイスト。

「って、ちょっと待ってください。ステータスと一緒にスキルを確認したって、どういうことです？」

「ん？　ああ、そういえば言っていなかったな。それが儂のスキル『解析』じゃ」

「『解析』……『鑑定』みたいなものですか？」

「バッカ者！　『鑑定』などという平凡なスキルと一緒にするな！　これはいわば『鑑定』の上位互換！　相手が持つスキル、能力はもちろん、それらを全て解析した後、どのようなものであるか瞬時に理解するというスキルじゃ！　これを使えばいかなる敵の弱点も暴《あば》き出し、古代の遺物、魔法器具、さらには異世界の代物《しろもの》なども全て理解可能！　こう言ってはなんじゃが、儂以外にこの『解析』スキルを持つ者などまずおらんじゃろう！」

と、イストは自信満々に宣言する。

へえー、なるほど。確かにそれは便利そうだ。ん、でも待てよ。

「イストさん。その『解析』スキルでもオレのスキルのことは分からないんですか？」

「さん付けはよせ。イストでよい。うむ、その通りじゃ。今もお主のスキルを解析しておるが、よく分からん。それどころか、お主が複数のスキルを所持していることすら儂には分からなかった。現に、儂の『解析』に映っているのはお主の『アイテム使用』ただ一つじゃ」

え、そうなの？　でも、オレの視界の端には確かに複数のスキルが表示されているが……

うーんと悩むオレを見て、イストが何か気づいたような表情をする。

「時にお主、先程の紹介の際、自分は異世界から来た転移者じゃと言っておったが」

「あ、はい、そうです。オレはこの国の国王に召喚された異世界人の一人です」

「ふむ、そうか。王国は未だに例の『召喚の儀』を行っているのか。……まあ、確かに世界の危機に対しては異世界人の力を借りるのが一番確実な手段なのじゃろうが、それではこの世界の住人から英雄は生まれないじゃろう。それに、召喚された異世界人達の立場も……」

そう呟くイストの顔に複雑な感情が漂《ただよ》う。

どういうことだろうか？　気になって尋ねてみたが、彼女は〝……気にするな〟と呟くのみで、はぐらかされてしまった。

うーん、そう言われると余計に気になるのだが、これ以上聞いても教えてくれそうにないので、とりあえず今は横に置いておこう。

「それよりもお主、異世界人というのなら、この世界の常識やスキルについてまだ詳しく知らぬじゃろう？」

「まあ、そうですね」

「ならば、儂が詳しく説明してやるが、どうする？」

そう言いながらドヤ顔を向けてくるイスト。これは明らかに解説したそうな表情だ。

まあ、オレもこの世界のことについて、色々と知っておきたいので素直に頼もう。

「お願いします」

「うむ。まずスキルについてじゃが、これは〝一人一つ〟神より授かる天性の能力じゃ。多くは成人……十五歳前後でそのスキルに目覚めるが、個人差がある。で、ほとんどの場合、スキルと言ってもそのスキルランクはFやEがいいところじゃ」

「そういえばランクってありましたけど、それって具体的にどんな序列になるんですか？」

「ランクは大きくS〜Fまで分けられる。当然、Sが最高でFは最低ランク。Fランクのスキルはまあ、日常動作を便利にするくらいのスキルじゃ。たとえば明かりをつけたり、コップ一杯分の水を出したり。ぶっちゃけ、この程度のことなら魔法でどうにかなる。民のほとんどがこのFスキルじゃ。ちなみに儂も、最初お主のスキルはFランクだとばかり思っていた」

ああ、まあ、そりゃそうでしょうね。

「Eからはスキルと呼べる程度には便利になるが、それでも熟練の戦士や魔法使いならば、自身が鍛えた技や魔法に頼った方がよいな。D、Cあたりならば十分強力なスキル、天賦《てんぷ》の才《さい》と言っていい。これらのランクのスキル持ちが村や街に現れれば、そやつはたちまち王宮入りを許されるじゃろう。そして、伝説上の英雄や勇者が持っていたスキルがBやAなどになる。現在、このランクのスキルを持っている者は国王直属の騎士や騎士長、あるいは賢者、または戦場でその名を轟《とどろ》かせる傭兵《ようへい》など限られた一部の者のみじゃ。ちなみに儂もこのランク持ちじゃぞ？」

さらりと自分のスキルを自慢するイスト。

なるほど。あの時、王様がBランクやAランクを特別扱いしていたのはそういうことか。で、転移者の場合はそのスキルランクがほぼ確定でB以上になると。そりゃ確かに、あちこちから逸材を探すよりも、異世界から転移者を呼んで協力してもらった方が遥かに効率いいわなー。

「それじゃあ、Sっていうのは？」

オレが問いかけるとイストは首を横に振る。

「Sランクのスキルについては、ぶっちゃけよく分からん。存在するかもしれないという噂程度であり、実際にそれを持つ人物は確認されておらんのじゃ。過去にこの世界に召喚された勇者が持つスキルがあまりに規格外すぎて、このSランクというランクが作られたそうじゃが、今となってはそれもおとぎ話のようなもの。果たして本当にあるのかどうか……」

そう言って、イストは首を傾げる。

なるほど。つまり、実質的にAランクがスキルにおける最高ランクか。

それを聞くと、『金貨投げ』って普通にやべえな。って、何げに『鉱物化』もBランクだったし。

「で、話を続ける。それらスキルとは別に、儂らは『魔法』というものを修《おさ》めることが可能じゃ。これは修練をすれば誰でも身につけられる。とはいえ、これにも才能が影響していて、覚えの良い者と悪い者がいる。また、スキルの中にはこの『魔法』を習得する際に有利に働くものもある。そうしたスキル持ちならば、魔法を自動的に習得できたり、同じ魔法を段違いの威力で使用できたりする」

そういえば、転移者の一人が魔法を全部覚えられるみたいなスキルを持っていたな。

「で、ここからが重要じゃ。魔法はスキルと違って様々な種類の魔法を覚えることが可能じゃ。炎系、水系、風系、あるいは精神に作用するものや天候を操作するものなどなど。しかし、それらは全て『魔法』と呼ばれる一つのジャンルに集約される」

「はあ、それがどうかしたんですか？」

「察するに……ええと、お主の名前、なんといったか？」

「ユウキです」

「うむ、ユウキよ。お主の『アイテム使用』はこの『魔法』と似たような扱いではないのか？」

「？　と言うと？」

「つまり、お主はスキルが増えたと言っておるが、それは正確ではない。それはあくまでも『アイテム使用』によって変化した『アイテム使用』スキルの一種と言えるのではないか？」

なるほど。つまり魔法と同じように、そのジャンルの中で使えるものが増えたということか。オレが会得したスキルは全て『アイテム使用』が変化したものにすぎないと。

「うむ。だからこの世界におけるスキルは〝一人一つ〟という原則から外れているわけではない。

まあ、かなり反則じみたやり方というか、スキルじゃが。これならば儂の『解析』にその複数のスキルが映らないのも当然じゃ。それらは全て『アイテム使用』というスキルにまとまっているのじゃからな。とはいえ、儂がもう少し解析すれば、それらを覗《のぞ》けるかもしれないが」

と言って、イストはずずいっと顔を近づけてくる。いや、その……近いです、顔。

「まあ、とにかく色々理解しました。でも、今はここに巣食ったプラチナスライムを退治しましょう」

「おお、そうじゃったな」

って、依頼主さんが忘れてたんかい。

思わず突っ込みかけたがぐっと呑み込んで、イストの案内に従って城の奥を目指す。

「そうじゃ。お主、さっきの『金貨投げ』じゃが、一体いくらの金貨を使用したのじゃ？」

「ええと、十枚ですかね」

オレがそう答えるとイストは持っていた杖でオレの頭を叩く。

「いた！　何するんですか！」

「馬鹿者《ばかもの》！　そんなに使えばこの城の壁を貫通したのも当たり前じゃ！　いいか！　プラチナスライムの体力……HPは、多くても１００！　つまり一枚で十分なのじゃ！」

「え、そうなの？」

「当たり前じゃ！　物理・魔法無効の上に、それらを貫通してダメージを与えたとしてもせいぜい

１、2ポイントが関の山！　全身全霊の一撃を百回も繰り返さないと倒せないんじゃぞ!?　１００でも多すぎじゃ！」
言われてみればそうか。某国民的ＲＰＧでもアレ系のモンスターのＨＰはだいたい一桁。三桁もあってクリティカル的な防御無視攻撃もないなら、倒せないっていうか、普通に戦うの諦めて逃げるわ。この世界の住人がプラチナスライムと戦いたがらない理由が理解できた。

そんなことを考えながら、オレはイストの案内に従い、城に巣食ったプラチナスライムの討伐を続けるのだった。

◇　◇　◇

「スキル『金貨投げ』」

オレの手の中に生じた一枚のコインがピンッという音とともに光の速さで飛翔し、目の前にいたプラチナスライムを撃ち抜いた。

その一撃でプラチナスライムの体は四散し、蒸発《じょうはつ》していく。

「うーむ。しかし、何度見てもとんでもないスキルじゃな……」

「ふぅ、これで最後ですかね？」

古城に巣食った最後の一体を倒した後、オレは背後にいるイストに確認を取った。

「先程ので四体。うむ、見事じゃ。それでは依頼はこれで完了じゃ。すぐに報奨金を持ってこよう」

「あれ、依頼料ってここでもらうんですか？　ギルドじゃなくって？」

「お主、何も知らないんじゃな。貼り紙での依頼はそれを出した依頼主が払う。だから、たまに依頼主と請け負った側で行き違いがあって問題が発生することもある。それを嫌って、大抵の本職の冒険者はギルドが直接依頼してくるものしか請け負わん。ちなみに、そういう依頼は受付で直接斡《あっ》旋《せん》してもらう必要があるし、ギルドによる試験をクリアした〝プロ冒険者〟の資格がないと受けられんぞ。最低でもレベル１０はないと、試験は突破できんじゃろうな」

なるほどなー。ギルドにも色々あるんだなー。

レベル１０か。今のオレだとちょっと厳しいかな。まあ、『金貨投げ』や『鉱物化』を使えば、案外楽にクリアできそうなイメージもあるけれど。

そんなことを考えながらイストについていくオレであったが、突然、彼女が何かを思い出したように立ち止まった。

「レベル……そうじゃ！　レベルじゃ！　お、お主！　今、レベルはどうなっておる!?」

「へっ？」

慌てて振り返ったイストは、オレを見るや否や、何やら顔を青ざめさせる。

「なっ……そ、そんなバカな……！　い、いや、だが、しかし……一人でプラチナスライム四匹を倒せば当然と言えば当然じゃが……し、しかしこんなの、あ、ありえん……ありえんぞ……前代未聞じゃ……！　そ、そもそもプラチナスライムを一人で倒すこと自体が不可能であり、このような状況が……!?」

「ちょ、どうしたんですか、急に顔色を変えて」

「ええい！　いいから己《おのれ》のレベルを確認せんかーー!!」

イストはもどかしそうにオレを急《せ》かす。

一体なんなんだよ、と思いながら、ステータス画面を表示してみる。すると、そこには——

『レベル：１７３』

………………

「はい？」

思わず素《す》で呟く。

ええと、これ……なんか桁がおかしくないですかね？

最初、ここに来たときレベル３だったのが１７３って……なんか二桁増えてますが。

ごしごしと何度も目をこするが、依然表示は変わりなく『レベル：１７３』という文字が刻まれている。

え、えええー!?

見ると、イストは頭を抱えながらブツブツ呟いている。

「確かに、プラチナスライムは全ての魔物の中でも最も膨大《ぼうだい》な経験値を有していると聞く。そもそも、あれは複数の上級冒険者が徒党を組んでようやく倒せるもの……つまりその分、経験値は討伐に参加した人数に振り分けられる。しかも上級者だから上がるレベルも数レベル程度……とはいえ、その経験値はやはり莫大《ばくだい》。それを一人で……しかも四匹も倒せば、急激にレベルアップするのも当然か……」

「え、ええと、このレベル173って、やっぱりすごいの？」

「馬鹿者！　十分すぎるほどすごいわ！　いいか、伝説上の英雄や勇者と呼ばれた者のレベルが100！　過去に存在した最高のレベル持ち、英雄王イザークのレベルは158とされておる！

レベル173なんて、儂ですら聞いたことがないぞ！」

え、ええー。マジか。

じゃあオレ、事実上最強レベルになってしまったってこと？

まあ、確かにプラチナスライムといえばいかにも経験値の塊《かたまり》っぽいが、まさかそこまでとは……

でも、あの図体《ずうたい》だからな。大量の経験値を持っていても不思議ではないか。

と、どこか他人事みたいに考えるオレに、イストは呆れたような顔を向ける。

「やれやれ……一瞬で儂はおろか、この世界最強とも言えるレベルになったのに、お主は随分《ずいぶん》と反応が薄いなぁ」

「はあ、なんだかすみません。そういう性分《しょうぶん》なもので」

「よいよい、下手に浮かれて調子づくよりはマシかもしれぬ。まあ、とりあえず報酬を払うから、このまま儂についてい来い」

イストは苦笑を浮かべながら、城の通路を歩く。

やがて彼女の自室と思《おぼ》しき場所へと案内される。

「ほれ、ここじゃ。どこか適当なところに座れ」

「はあ、そう言われましても……」

その部屋は一言で言えばゴミ溜め。部屋のあちこちにいろんなゴミが大量に捨てられており、書物、食べ物、鉱物、宝石、武器、洋服などが散乱している。

よく見ると彼女の下着らしきものまで落ちていて、正直目のやり場に困る。あと、単純に座るスペースがない。

一方のイストはまるでオレを気にする様子もなく、こちらにお尻を向けたまま奥にある引き出しから〝ええと、どこにやったかのぉ〟と、ゴソゴソ何かを探している。

うーん。実年齢はオレよりはるかに上らしいが、やはり見た目が少女なので微妙な気分だ。

「おお、あったぞ。これじゃ」

イストは引き出しから手のひらサイズの袋を取り出し、それをオレの方へ投げた。

「ほれ、報酬の金貨じゃ。受け取れ」

「っと、どうも」

オレは早速受け取った袋の中身を確認する。

うん、確かに王様にもらったのと同じ金貨が入っている。数も依頼書通り五十枚。

「それじゃあ、これで依頼完了ですかね。お疲れ様です」

「待て」

そのままさっさと帰ろうとするオレを、イストが引き留めた。

「お主、これからどうするつもりじゃ？」

「まあ、今回みたいに適当な依頼を受けながら生活しようかと」

それを聞き、イストは不思議そうに首を傾げる。

「転移者はこの世に現れた魔人を倒すために呼び出されたと聞くが、お主は魔人退治をするつもりはないのか？」

「そうですね……オレ、王様から戦力外として追い出されたんで。そもそもその魔人がどこにいるのかも知りませんし」

というか、ぶっちゃけ魔人がなんなのかよく知らない。そんなよく知らないものをわざわざ倒しに行くのはなぁ。

イストは〝ふむふむ〟と頷く。

「では、お主。今、生活拠点としている場所はないのか？」

「特にはありませんね。まあ、この金貨で街の宿に泊まるつもりですが」

「それならば、いっそここに住んではどうじゃ？　部屋なら腐るほど余っておるぞ」

「へ？　ここに？」

思わぬ誘いに戸惑《とまど》うオレ。

「安心せよ。ここには儂以外の者はおらぬ。元々儂は人嫌いでな。ここ百年はずっと一人でこの古城で暮らしていた。しかし、お主には個人的興味が湧いた。なので、特別に部屋の一つを貸し与えてやってもよい。ちなみに家賃などを取る気はないし、食事も毎日三食分用意してやろう。その代わりと言ってはなんじゃが、儂の研究に少しばかり付き合ってくれぬか？　どうじゃ、そう悪い話ではないだろう」

うむ、確かに。

三食宿付きで費用ゼロというのはかなりお得だ。

特に、今宿無しのオレにとっては、喉から手が出るほど魅力的。これで衣食住の食と住が手に入るのなら願ったり叶ったりだ。

研究とやらがどんなものか気になるが、まあそれは後で聞けばいい。

というわけで、オレは二つ返事で了承する。

「おお、そうか。では、隣の部屋を使うがいい。ああ、ちなみに隣もここと同じように散らかっているが、お主が自分で掃除をしてくれんか。これ、箒《ほうき》とゴミ箱じゃ。部屋にあるゴミはお主の方で好きにしてよいからな」

そう言ってイストは箒とゴミ箱をオレに渡す。

うん、まあ、その程度なら問題ない。タダで住まわせてもらうんだ。掃除くらいなんてことないさ。

……と思っていたオレは甘かった。

割り当てられた隣の部屋を覗くと、そこにはイストのいた部屋の数倍、ガラクタやゴミが散乱していた。

「うおー……すごいゴミの山……」

あまりのゴミの量にドン引きするが、すぐさまオレはスキル『アイテム使用』を思い出した。

街のゴミ捨て場でやった時同様、ゴミを吸収してしまえば、部屋は片付くしスキルもゲットできて一石二鳥では？

幸い、イストからは部屋にあるゴミは好きにしていいと言われているので、遠慮なくここにあるゴミを再利用させてもらおう。

というわけで、オレは散乱したゴミを『アイテム使用』によって片っ端から吸収していく。


炎の結晶を使用し、スキル『炎魔法ＬＶ３』を取得しました。

水の結晶を使用し、スキル『水魔法ＬＶ３』を取得しました。

風の結晶を使用し、スキル『風魔法ＬＶ３』を取得しました。

土の結晶を使用し、スキル『土魔法LV3』を取得しました。

空飛ぶ箒を使用し、スキル『空中浮遊』を取得しました。


おーおー、すげえな。掃除しているうちにどんどんスキルが増えていく。

ちなみにこの魔法LV3ってなんぞや？

スキル：炎魔法（ランク：D）
効果：このスキルを取得すると同時にレベル3までの炎系魔法を全て自動的に覚える（魔法のレベルは最大10まで）。

なるほど。これがさっきイストの話にあった魔法を覚えるスキルというやつか。

レベル10のうち3ということは、初心者よりやや上くらいか？　それにしても、ただのゴミでこんなスキルを覚えるとは、さすがは魔女の居城。

彼女にとってはここにあるアイテムはもう使えないゴミなのだろうが、オレにとって宝の山だ。

オレは次々とアイテムを吸収していく。


収納袋を使用し、スキル『アイテムボックス』を取得しました。

おお！　何やら便利そうなスキルを取得したぞ！　どれどれ……

スキル：アイテムボックス（ランク：E）
効果：アイテムを収納できる異次元のボックスを持つ。このボックスの中に収納できるアイテムの量はおよそ30キログラムまで。またこのスキルはランクによって収納できる量が変化する。

ほほう。ランクは低いが、地味に便利だ。
そうそう、何げにこういうスキルが一番重宝するんだよなー。
さらに続けて『アイテム使用』を使っていると……

呪われた宝石、呪いの武具、呪術道具を使用し、スキル『呪い耐性』と、スキル『邪眼』を取得しました。

おい。何やらすげえ物騒な単語が聞こえたんだが。
呪われたアイテム……？　恐る恐るオレは取得したスキルを確認する。

スキル：呪い耐性（ランク：C）
効果：呪いに対する耐性を得る。『邪眼』などの呪いを与えるスキルにも一定の耐性を持つ。
スキル：邪眼（ランク：C）
効果：視線のあった相手の抵抗値を上回った際、様々なバッドステータスを与える。与えられるバッドステータスは毒、麻痺《まひ》、魅惑《みわく》、睡眠、忘却、弱体化などの中から一つだけ選択。

う、うん。なるほど。まあ、便利だよね。

というか、このスキルを覚える際、呪われたアイテムがどうのこうのと言ってなかったか？

ふと、自分の手元を見ると、そこには不気味な藁人形《わらにんぎょう》が収まっていた。視線が合うと、その人形は〝ケラケラケラ〟と不気味な笑い声を上げはじめる。

……イストさん、あなた物騒《ぶっそう》なアイテムまで放置しすぎです。

そうして『アイテム使用』を繰り返し、部屋が綺麗《きれい》になる頃には、オレの手持ちスキルは十個増えていたのだった。


【現在ユウキが取得しているスキル】

『金貨投げ』『鉱物化』『武具作製』『薬草作製』『毒物耐性』『呪い耐性』『空中浮遊』『邪眼』
『アイテムボックス』『炎魔法ＬＶ３』『水魔法ＬＶ３』『風魔法ＬＶ３』『土魔法ＬＶ３』
『光魔法ＬＶ３』『闇魔法ＬＶ３』

第二使用▽黒竜と異界の奴隷

「ほれ、いつまで寝ておる。さっさと起きんか」

「ん、んんっ……」

体を揺さぶられる感覚で、オレは目を開ける。

するとそこには銀色の髪をなびかせる美少女が立っていた。

「……誰？」

「誰ではないわ、馬鹿者。儂じゃ、イストじゃ。まったく、いつまで寝ておるつもりじゃ」

「イスト!?」

思わず驚いて立ち上がる。

なぜなら今目の前にいる少女は、魔女というよりも物語に出てくる王女様のように可憐《かれん》な姿であったからだ。

白のネグリジェに、肩にかかった銀色の髪は窓から差し込む光で美しくきらめいている。

というか、帽子のせいで顔があまり見えなかったのだが、改めて見るとイストは美少女と断言してもいい顔立ちであった。

「……今日はまた、すごく可愛《かわい》いな」

「なっ⁉」

オレが思わず正直な感想を呟くと、たちまちイストが頬《ほお》を赤く染める。

「な、何を言っておる！　お、お主にそのようなお世辞《せじ》を言われても、わ、儂は別に嬉《うれ》しくないぞ！　ふ、ふんっ！」

「いや、別にお世辞じゃなくて本音だけど……」

「ば、バカなことを言うでないー！」

と、なぜだかイストは近くにあった箒を手に取り、オレの頭を叩く。痛い。

「……ふん、このような外見が可愛いわけがなかろう。むしろ、儂がこの外見でどれほど苦労してきたか……」

「？　どういうこと？」

「儂ら魔女族というのは長寿の種族なのじゃが、ある年齢になるとそこで外見の変化がストップする性質があるのじゃ。あとは寿命が尽きるまではその姿を維持する。しかしこれが問題で、いつ外見年齢がストップするかは個人によって異なるのじゃ。ほとんどの魔女族は二十歳前後のちょうどよい外見でストップするのじゃが……儂は他の魔女族よりもこの外見年齢の固定が早く訪れてしまった……」

イストはどこか遠い目をしながら語る。

「忘れもしない、まだ十二の時じゃ。その時の絶望たるや……他の者達は皆、二十歳くらいまでは外見が成長するのに儂だけ置き去り……そのせいでよくからかわれたりもした。実際、この外見のせいでロクな扱いを受けられなかった。ほとんどの者は儂の外見を見ては侮《あなど》り、女としての魅力もないと揶揄《やゆ》してくる。当然じゃな……こんな貧相な体では……」

そう言ってイストは恨《うら》めしそうに自らの細い手足や、平らな胸に触れる。

なるほど、成長しない体か。確かにそれは人によってはコンプレックスになりかねない。

特にイストのように周囲から自分だけが取り残された状況ならばなおさらだろう。

「そうか……けど、オレが言ったことは本気だよ。少なくともイストは自分に自信を持っていい。その外見だって、周りはともかくオレは本気で可愛いと思うよ。身長や胸の大きさとか、関係ないだろう」

実際、ロリ系ヒロインってのもラノベとかの世界ではありだし。

そんな俺の言葉を受け、イストの顔がますます赤くなる。

「〜〜っ！　ば、バカなことを言うでない！　この世界では儂のような貧相な体はモテぬ！　ええい、奇妙なことを言いおって！　それよりも朝食じゃ！　いいから一緒に食べるぞ！」

「あ、はい」

なんだかんだ言いながらも、イストはまんざらでもない笑みを浮かべていた。そしていそいそと食堂へと移動するのだった。

◇　◇　◇

「なんていうか、奇妙な食事だね」

オレの前の皿には、色のついた小石のようなものがいくつか置かれている。

小石というよりも飴玉に近いだろうか？　なお、味はほとんどない。

「贅沢《ぜいたく》を言うでない。これでその日一日のカロリーをちゃんと摂取できるんじゃ。むしろ、これほど効率的な食事はないであろう」

これはイストが研究で生み出した魔法食らしい。

なんでもこの飴玉一つで、その日必要な魔力や体力、カロリーなど様々なエネルギーを補給できるのだそうだ。数個食べるだけでも十分な満足感が得られるという。

とはいえ、これは食事としてはかなり寂しい。確かに満足感はあるし、エネルギーとかも体内から湧き上がるんだが……こう、やっぱり人の食事というのは美味しいものを色々食べてだな。

「それよりも、これを食べたら今日は儂に付き合ってもらうぞ」

「へ、どういうこと？」

「昨日言ったであろう。衣食住を提供する代わりに、お主には儂の研究を手伝ってもらうと」

ああ、確かにそんなことを言っていたな。とはいえ、どういう手伝いをしろと？

「言っておくけれど、オレはそんなに勉強はできる方ではないし、小難しい研究とかはちょっと……」

「安心せよ。何も儂の研究を直接手伝えとは言わん。お主はその体を提供してくれれば十分じゃ」

「か、体……？」

そのフレーズに思わず身構えてしまうが、イストは呆れたように答える。

「口で説明するよりも見せたほうが早い。こちらに来い」

そう言って歩き出すイストの後を、オレは恐る恐る追いかける。

しばらく城の通路を歩き、ある部屋の前で立ち止まると、彼女は〝ここじゃ〟と言って扉を開ける。

「これは……」

そこに広がっていたのは、床一面に描かれた奇妙な魔法陣。魔法陣の周囲には緑に輝く水晶がいくつも配置されていて、その水晶から溢れる光で部屋の中は幻想的な雰囲気で満たされていた。

「これが儂の研究──異界の門を開くための研究じゃ」

「異界の門って……？」

何やら危なげなワードだけど。

「まあ、言葉の通り、異なる世界を繋《つな》ぐ門じゃ。これが成功すれば、儂らのいるこの世界とは異なる世界に行くことが可能となるのじゃ。儂は長年この研究をしており、その研究の一部を王国に譲《じょう》渡《と》したのじゃ。その結果、生まれたのがお主達、異世界人を召喚する召喚の儀じゃ」

異世界人を召喚する召喚の儀。そういうことだったのか。

しかしそう考えると、オレ達がこの世界に来た原因は本《もと》を正せばイストにある？

見ると、イストは少し気まずそうな顔をしていた。

「……正直、このことは昨日言っておくべきであった。すまぬ、ユウキよ。儂は今から五百年ほど前に王国の手を借りて、異界の門を開けるプロト術式召喚の儀を生み出した。王国はその術式を使い、当時この世界を支配しようとした魔王ガルナザークを倒すべく、異世界より勇者を召喚したと聞く。その後、王国は世界に危機が訪れるたびに召喚の儀を使用しているそうじゃ。とはいえ、あれは強力な術式じゃから、一度使えば次に使用するには百年単位のチャージが必要となるのじゃが」

なるほど。で、再びこの世界に危機が訪れて、今回はオレ達が召喚されたと。

イストの説明に頷くオレであったが、彼女は突然頭を下げた。

「そういうわけで、すまぬ……ユウキ。この世界のためとはいえ、お主が召喚されたそもそもの原因は儂にある」

「いやいや、気にするなって、イスト。確かにそれを作ったのはイストかもしれないけれど、オレを呼び出して捨てたのは王国の連中だし、君を恨む気はないよ」

「そうか……そう言われると少しは救われる。じゃが、お主に迷惑をかけた者の一人として、儂はこの研究を完成させたいのじゃ」

そう言ってイストは目の前の魔法陣を見る。

それってどういう意味だろうか？

「イスト、君の研究って異界の門を開くことだよね？　それなら、もうその研究は完成しているんじゃないのか？　現にオレ達、異世界人が召喚されているわけだし」

「いいや、召喚の儀はあくまでも素質のある異界の人間をこの世界に呼び出す儀式じゃ。しかし、儂がやりたいのはこの世界から異なる世界へ自由に移動する手段の確立。いくら門を開いても、それが片道切符、しかも向こうから人を呼び寄せるだけでは意味がない。儂が目指しているのはそんなものではない。そしてお主の目の前にあるこの魔法陣こそは、異なる世界とこの世界を繋ぐ真なる門。これを使えば、繋がった世界と自由に行き来が可能となるのじゃ」

そう言ってイストは床に描かれた魔法陣を杖で叩く。

なるほど。イストの言う通り、この世界と異なる世界を繋いで、そこを自由に行き来できるとなればかなり便利……というか、もしそれが成功すればオレも元いた世界に帰ることができるかもしれない。それはぜひ、オレからもお願いしたい。

正直、この世界に呼び出された時点で戻るのは諦めかけていたけれど、これは思わぬ光明《こうみょう》だ。

オレは思わず笑みをこぼしながらすぐにイストに尋ねる。

「それで何を手伝えばいい⁉」

「慌てるな。まだこの魔法陣は未完成じゃ。今のままでは起動ができない。肝心なパーツが足りぬからな」

「肝心なパーツ？」

「〝転移結晶〟と呼ばれる貴重なマジックアイテムじゃ」

そう言ってイストはすぐ近くの机に置いてあった青い石をつまみ上げる。

「これは〝転移石〟と呼ばれる魔法石。使用すれば持ち主がこれまで行ったことのある場所へ瞬時に移動できるものじゃ」

「へえ、そりゃ便利だね」

「うむ。しかし、それゆえ大変貴重な品物であり、普通の店にはまず売っていない。それに一度使えば中の魔力が失われ、二度と使えない。いわば消耗品。上級冒険者でもいざという時の脱出用に一つ持つ程度の代物《しろもの》じゃ」

「なるほど。で、転移結晶というのは？」

「転移結晶はこの転移石の完全なる上位版。巨大な水晶の塊であり、転移石のように持ち主が望む場所に瞬時に移動できる。しかも一人ではなく何人でも同時に転移が可能じゃ。それに、中に蓄積された魔力も膨大で、最低百回は使用しても中の魔力が途切れないという伝説の鉱石。この転移結晶を手に入れれば、儂の異界の門を繋げる研究も実現可能となるのじゃ」

おお、そりゃすごい！

「つまり、その転移結晶ってやつさえ手に入れればいいってわけだよな？　場所はどこにあるかとか分からないの？」

「場所はもう突き止めてある。ここより遥か東に数百キロ。黒竜が棲《す》まう暗黒洞窟《あんこくどうくつ》の最深部に、その転移結晶があるはずじゃ」

「マジかよ!?　それじゃあ、すぐに取りに行こうぜ！」

「待たんか」

前のめりに駆け出そうとするオレの襟首《えりくび》を、イストが捕《つか》まえる。

「話は最後まで聞け。場所は分かっているが、そこが問題なのじゃ。よいか、黒竜というのは全ての魔物の中でも頂点とされる存在――というか、ドラゴン自体がこの世界では最強種族の一つじゃ。黒竜がこの水晶を守っている以上、迂闊《うかつ》に手出しはできぬ」

「そうなのか。プラチナスライムとどっちが強いんだ？」

俺の質問に、イストが首を捻《ひね》って考える。

「それは強さのベクトルがまた別じゃからのぉ……プラチナスライムの強さは物理・魔法を完全に防ぐところにある。しかし、黒竜の物理・魔法に対する耐性は極めて高いとはいえ、高レベルの冒険者であれば対抗できるレベルじゃ。黒竜が恐ろしいのは、その絶大なる攻撃力。影すら焼き尽くす禁断の『シャドウフレア』など、真っ向から戦えばすぐに蒸発して終わる。それに、奴は体力もとんでもなく高い。およそ数万ものＨＰを持つと聞く。プラチナスライムのように防御無視の貫通攻撃を当てればすぐに倒せるというものではない」

マジか。確かに数万のＨＰともなると、『金貨投げ』では効率が悪いな……

うーん、黒竜か。イメージ的に巨大なドラゴンだよな。となると牙《きば》や爪《つめ》とかあるだろうし、口から炎とかも吐くんだろうなぁ。考えるだけでちょっと怖くなってきた。

「とはいえ、全く打つ手なしというわけではない」

「というと？」

「お主の協力があれば――黒竜を倒す手段を作れるかもしれぬ」

そう言って、イストは自信に満ちた笑みを見せるのだった。

◇　◇　◇

「ここが黒竜のいる暗黒洞窟じゃ」

そう宣言するイストの前には、巨大な山脈の根元にぽっかりと空いた大きな穴――洞窟があった。

「なるほど、ここが暗黒洞窟か。それにしても、転移石ってすごいんだな。マジでこんな場所に一瞬でワープするなんて」

「うむ。しかし、さっき言ったように貴重な代物じゃ。儂もあとは帰りの分しか持っておらぬ。故に、お主に伝えた作戦が成功しなければ、当分ここへは来られぬ。先程伝えた段取りは、ちゃんと覚えておるな？」

「もちろん」

心配そうなイストに、オレは大きく頷いて応える。

「まず黒竜の攻撃をイストが魔法で防御する。奴が隙を見せた瞬間、オレが攻撃を仕掛けて、鱗《うろこ》を一枚剥がす――だよな？」

オレは彼女からもらった赤いコートを翻《ひるがえ》しながら段取りを復唱する。

これは彼女が作った魔法のコートであり、物理や魔法に対して高い防御力を備えているらしい。

今回の黒竜退治に際して、彼女がオレに与えてくれたものであった。

「うむ。黒竜の鱗を手に入れて、儂がそれを『解析』する。解析完了には数分かかるが、その間はお主に足止めを頼む」

「で、解析が終われば黒竜の弱点が判明するから、イストがそれに対応した魔法を放つ」

「そういうことじゃ。儂一人でも黒竜の攻撃をなんとか防げるが、肝心の黒竜に攻撃を仕掛けられる者がおらんかった。ましてや鱗を剥がすほどの強者なぞ、あの王国には一人もおるまい。しかし、お主はプラチナスライムを一人で倒し、さらにその結果大幅なレベルアップを果たした。お主ならば黒竜に傷を付けられるかもしれぬ。そうすれば、あとは儂のスキル『解析』で、黒竜を倒すための魔法を即座に生み出してくれるわ」

自信満々に宣言するイスト。

どうやら、彼女が持つ『解析』のスキルはただ相手のステータスやスキルを見るだけではなく、その弱点を暴き、それに対応した魔法を生み出す力もあるらしい。確かに、これはかなりのレアスキルだ。まさしく『鑑定』の上位版だな。

「しかし、儂が解析している間、お主は一人で黒竜の攻撃から身を守らなければならぬ。いくらお主のレベルが上がったといっても、黒竜の攻撃をまともに受けては危険じゃろう。そこで、ほれっ」

イストは宝石のようなものを放ってよこした。

「？　なんすか、この虹色に光る水晶」

「それは〝魔光石〟じゃ」

「魔光石？」

「簡単に言えば、魔力を吸収して輝く水晶じゃ。強力なものになれば、魔法なども吸い込む。それをお主の『アイテム使用』で使ってみよ。そうすれば、その魔光石に対応したスキルを取得できるじゃろう」

なるほど。早速オレは、イストに言われるままに、渡された魔光石を『アイテム使用』する。

すると……手の中の水晶が消え、続いていつもの機械的な音声が頭の中に響く。

スキル『アイテム使用』により、スキル『魔法吸収』を取得しました。

おお、『魔法吸収』とな？　どれどれ？

スキル：魔法吸収（ランク：Ｂ）
効果：対象の魔法攻撃を吸収する。吸収できる攻撃は自分よりレベルが低い相手の魔法攻撃のみ。
吸収した魔法はそのまま自分のＭＰ（魔力ポイント）へと変換される。

こ、これはまたかなりのチートだな。というか、伝説の英雄をも上回るという今のオレのレベルを考えれば、これって事実上のほぼ魔法攻撃無効化じゃね？

やべえ、プラチナスライム化に一歩近づいた。

「どうじゃ、何か覚えたか？」

イストが期待に満ちた眼差《まなざ》しを向けてくる。

「あ、ああ、まあ、『魔法吸収』ってスキルを……」

「な、なに!?　ま、『魔法吸収』!?　魔法防御や耐性アップとかではなく、吸収か!?」

「は、はい。そうみたいで……」

「……まったく、お主という奴は……ことごとく儂の期待を上回るのぉ」

そう言って、イストはどこか呆れた様子で頭を抱える。

「まあ、そのスキルならば黒竜が持つ最大の攻撃魔法『シャドウフレア』もなんとかなるかもしれん。ならなかったら……とりあえず逃げろ」

え、ええー!? いい加減だなー。っていうか、これって自分のレベル以下の魔法攻撃吸収なんでしょ? もし黒竜のレベルがオレより上だったら、これ効果発動しないいんだよね?

う、うーん。試すのはちょっと怖いなぁ……

そう思いながらも、すでにイストの方はやる気満々の様子。こうなれば最後まで付き合うしかないようだ。どの道、元の世界に戻るためにも、オレもその研究の手伝いをしたい。


そうして、オレとイストは洞窟の中へ足を踏み入れた。

中に入ってしばらく、外とは違う空気の冷たさに驚く。

そういえば、洞窟の中は外より気温が低いと聞いたことがあるが、こんなにも体感温度が違うとは思わなかった。それとも、ここが異世界で、ドラゴンが棲む洞窟だからだろうか?

オレはあれこれと考えながらも明かりを灯《とも》し、洞窟の奥へと向かうイストについていく。

通路はやたら広くて勾配《こうばい》もほとんどないので歩きやすい。竜が出入りしているというのも納得だ。

不思議なことに、三十分ほど歩いても全くと言っていいほど魔物に遭遇しなかった。それどころか、ネズミやコウモリといった小動物にさえ出会わない。

「イスト、ここって黒竜の他に生き物はいないの?」

「いない。当然じゃろう。黒竜のような危険な魔物が棲んでいるのじゃぞ。動物はおろか、魔物ですら怖がって中に入らぬわ」

確かにそれもそうか。

そう納得したところで、ふと、先頭を歩いていたイストの足が止まった。

先を窺うと、奥の方に僅《わず》かな明かりが見える。

あれは……何かの光——水晶？

前方に広がるドーム状の空間の地面から、輝く巨大な青色の水晶が顔を出していた。

もしかしてあれが転移結晶か？　そのまま近づこうとするオレを、イストが制止する。

「動くな、ユウキ！　来るぞ！」

「え？」

イストの視線を追って上を見ると……怪しげな二つの光が瞬《またた》いていた。

あれも水晶か？　……いや、違う。あれは光ではない。眼光、鋭《するど》く輝く金色の瞳。

〝それ〟がゆっくりとこちらに近づくに従って、それまで周囲の闇に溶け込んでいた巨大な全貌《ぜんぼう》が露《あら》わになる。

全長およそ数十メートル。この洞窟の最深部と思《おぼ》しき広い空間を埋め尽くすほどの巨体。首長の頭をゆっくりとこちらに近づけ、背に生えた雄々しい翼を大きく広げる。

その巨大な生物——黒竜は、オレ達の狙いが転移結晶であると分かるや否や、巨大な口を開け、地面を揺るがすかのような咆哮《ほうこう》を上げる。

「ぐっ！」

ただ威嚇《いかく》の声を上げただけにもかかわらず、黒竜が発した叫びは、まるで嵐のようにオレ達に襲い掛かった。足を踏ん張るのが少しでも遅ければ、そのまま入口まで吹き飛ばされていたかもしれない。それほどの威力だった。

オレやイストがその場から一歩も動かなかったのを見て、黒竜は改めてオレ達を〝敵〟として認識したようだ。その金色の瞳に明確な殺意を抱き、口の奥から赤黒い炎をちらつかせる。

「！　ブレス攻撃が来るぞ！　儂の背後に回れ、ユウキ！」

「あ、ああ！」

イストが叫ぶや否や、オレは彼女の華奢《きゃしゃ》な腰にしがみつく。直後、黒竜はこの空間一帯を燃やし尽くすほどの火炎の息を吐き出す。

しかし、炎の奔流《ほんりゅう》が届く前に、イストがバリアを展開する。なんとか間に合った。バリアは黒竜が放つ火炎のブレスをものともせず、オレと彼女の身を守る。

やがてブレス攻撃では埒《らち》があかないと思ったのか、黒竜が口を閉ざす。同時に、周囲に漆黒《しっこく》の鬼火のようなものがいくつも現れた。

それを見たイストがうろたえながら警告する。

「――っ!?　まずい！　『シャドウフレア』じゃ！　あやつ、一気に儂らを消滅させる気じゃ!!」

「えぇぇ!?」

だが、イストは瞬時に対応し、更なる防御のための魔法詠唱に入る。

やがて、黒竜の周囲に生まれた漆黒の鬼火の数が百に達しようかというその時、突然それらが一斉にこの地下空間の天井へと舞い上がった。全ての鬼火が互いに触れ合うと同時に爆発し、オレ達の周囲にまるで流星群の如く炎の雨が降り注ぐ。

これが『シャドウフレア』!? まるで炎の隕石《いんせき》じゃないか!?

あまりの規格外の魔法に驚くオレをよそに、イストは唱えていた呪文を解《と》き放《はな》ち、先程よりも強力な結界を張って対抗する。

イストの結界は次々と降り注ぐ『シャドウフレア』の炎を防いではいるものの、次第に亀裂が生じ、限界を迎えつつあるのが分かる。結界を張っている者にもダメージがあるのか、イストがかなり苦しそうな声を漏らす。

「ぐ、うううぅぅ……！」

いけない！ このままじゃ結界もイストも保たない!?

そう思った瞬間、結界の一部が砕けた。

そこから『シャドウフレア』の炎が、イスト目掛けて降り注ぐ。

まずい!? オレは咄嗟《とっさ》に彼女を庇《かば》うと、右手を上げて宣言する。

「スキル『魔法吸収』！」

もうこうなっては怖いとか言っていられない。イチかバチかだ。これでもし黒竜のレベルが上なら一巻の終わり。

堪《たま》らず目を瞑《つむ》りそうになるが、結界内に侵入した『シャドウフレア』がオレ達の身を焼くことはなかった。全てがオレの手のひらに吸収されるように消えていく。その現象に、オレだけでなくイスト、さらには『シャドウフレア』を放った黒竜までもが動揺したのが見て取れた。

やがて全ての『シャドウフレア』が地面に落ちると、束《つか》の間《ま》の静寂《せいじゃく》が訪れた。周囲はまるで絨毯爆撃を受けたような有様だ。

呆然と立ち尽くすオレに、結界を解いたイストが叫ぶ。

「今じゃ、ユウキ！『シャドウフレア』を使った後ならば、黒竜にも隙ができる！　今のうちに攻撃で鱗を剥がせ！」

「あ、ああ！　了解！」

見ると、先程の大魔法を使った代償か、黒竜の動きは鈍《にぶ》く、明らかに荒い呼吸をしている。おそらく大量の魔力を消費して疲労したのだろう。

ならば、今がチャンス！

オレは瞬時に黒竜目掛けて駆け出す。

その間にスキル『鉱物化』を使い、右腕を鉱物の硬さへと変化させる。

お、おう!?　なんか右腕の『鉱物化』がこの間使った時とは違う感じだぞ？

前は岩みたいな形に変化したのだが、今はまるでダイヤモンドのような虹色の輝きを放つ腕に変化して……ええい、今は細かいことを気にしている場合じゃない！

オレは黒竜の顔目掛け、虹色の鉱石と化した腕で思いっきりパンチをぶちかます。

「おらあああああああああああああああ!!」

昨日までならともかく、プラチナスライムを倒したことで今のオレのレベルは１７３となっている。

これなら鱗の一枚や二枚くらいは！　そう思って、渾身《こんしん》の拳《こぶし》を放ったのだが――その結果はあまりに予想外だった。

『ぐおおおおおおおおおおおおおおお!!』

「へっ？」

ズドンッと地面が揺れるほどの衝撃が、洞窟の最深部に響き渡る。

オレの一撃を受けた黒竜は背後にある壁にぶち当たり、そのまま瓦礫《がれき》の山に埋もれるように気絶してしまった。

え、ええと、予定では確かここでオレが鱗をとって、イストに渡して……

見ると、先程の一撃で周囲には黒竜の体から剥がれた鱗が散乱していた。オレはそこに落ちている鱗を一枚拾ってイストのいるところに戻る。

「えーと、はい。これ、鱗です」

「……う、うむ」

イストはそれを微妙な表情で受け取り、瓦礫の山に埋もれた黒竜を見ながら告げる。

「……というか、もうこれいらないのじゃが」

「だよねー」

こうして、オレはプラチナスライムに続き、黒竜討伐も果たしたのだった。


無事黒竜を倒したので、オレとイストはすぐさま黒竜が守っていた転移結晶を掘り出した。

掘ってみると、地中にも根っこのように結晶が伸びており、そのサイズは約一メートル。かなりの大きさであった。

「おお、これが転移結晶か。なんという魔力がこもった結晶じゃ。儂も手にするのは初めてじゃが、これはすごい……！　これならば、儂の長年の研究も……！」

素人のオレでも目の前の水晶からは特別な魔力らしきものを感じるのだから、イストのような人間からすればなおさらであろう。

「えーと、イスト。感動するのはいいけれど、早いところ戻った方がいいんじゃないの？」

「おお、そうじゃったな。ではさっさと帰り用の転移石を使うか」

「だね。ところで、この黒竜の鱗はどうしようか？」

「さっきも言ったが、もうそれに使い道はない。お主が〝使ったら〟どうじゃ？」

「あー、それもそうか」

イストのアドバイス通り、オレは手に持った黒竜の鱗を『アイテム使用』する。

スキル『アイテム使用』により、スキル『ドラゴンブレス』を取得しました。また、スキル『鉱物化』に『龍鱗化』の能力が付与されました。

ん!? 今なんかとんでもないナレーションが頭に響いたぞ。

『ドラゴンブレス』ってアンタ……いよいよオレ、人間じゃなくなってるぞ。

あと龍鱗化ってなんぞや? 名前の通りなら、オレの体がドラゴンの鱗並みに硬くなるってことか? まあ、『鉱物化』に付与されたって言ってるし、『鉱物化』の亜種スキルみたいなものか。

なんだかドンドンとんでもない変化しているな、オレ。

――と、己の変化に悩んでいると、突然、重苦しい声が響いた。

『――お待ちください』

振り向くと、そこにはあの黒竜がボロボロの体を引きずり、土下座をするようにしゃがみこんでいた。

『そちらの、私を倒したお方。よろしければ、お名前を聞かせていただいてもよろしいですか?』

「へ? オレ!?」

混乱して聞き返すオレに、黒竜は首を縦に振る。

「え、ええと、安代優樹です」

『ユウキ……勇気……なるほど、素晴らしい名前です。私は黒竜。ユウキ様、どうか私をあなた様の眷属にしてもらえないでしょうか？』

「へっ？　け、眷属《けんぞく》って何？　どういうこと？」

オレは思わず隣にいるイストに尋ねる。

「簡単に言うと、血の誓《ちか》いを交《か》わした主従関係じゃな。眷属となった者は主に仕《つか》え、その者の命令を聞く従者となる。が、眷属となった者にもメリットはある。主の力の一部を受け継いだり、主が敵を倒した際、その経験値を譲り受けたりできるのじゃ。通常は、前線で戦えない魔術師などが、弱い魔物と契約し、そやつに前線で戦ってもらい、自分は後方から援護というパターンが多いな」

なるほど。よくある魔物使いというか、テイマーみたいなものか。

「――――って、それをオレとしたいの!?　黒竜が!?」

思わず確認を取るが、黒竜はさも当然といった様子で〝うんうん〟と頷く。

『先程のあなた様の攻撃、お見事でございました。まさか私を一撃で倒せる人間がいるとは……己の強さに驕《おご》っていた自分が恥ずかしくなりました。世界にはこれほどの強者《つわもの》がいる。私は所詮《しょせん》〝穴の中のトカゲ〟に過ぎなかった。ユウキ様、私をあなたの眷属として一から鍛《きた》え直してほしいのです。そして、世界の広さをあなたの視線からともに感じたい。どうか、私のこの願いを聞き届けてもらえないでしょうか？』

「え、ええと、どうする？」

「儂に聞くな。お主が決めよ。というか黒竜、お主喋《しゃべ》れたのか？」

『ええ、これまでは特に話す必要はありませんでしたが』

ううん、どうしようか。黒竜を使役《しえき》かー。でも、そういうの、ちょっとカッコいいかも。昔ドラゴンが出てくるファンタジーＲＰＧにハマっていて、強力なドラゴンを仲間にするのに必死だったのを思い出す。

まあ、仲間にしておいて損はないだろう。そう思い、オレは黒竜の申し出を受けることにした。

「分かった。それじゃあ、その眷属ってのにするには、どうすればいいんだ？」

『私の額に触れてください。そうすれば、私が眷属の契約を発動し、あなた様の下僕《げぼく》となります』

騙されてはいないだろうが、一応イストに確認する。

イストも〝それで可能じゃ〟と頷いているので、問題なさそうだ。

では、早速黒竜の額にぺたりと手を置く。

おお、やっぱり結構硬いな。などと思っていると、オレが触れた場所に魔法陣が現れた。オレと黒竜の体が光で覆われた後、魔法陣は音もなく弾け飛んだ。

『契約が完了しました。これで私はあなた様の下僕です。今後はなんなりとご命令ください』

と、黒竜が頭を下げる。

「うん、それはいいんだけど、もしかして黒竜って、ずっとその姿なの？」

今さらながら、こんな巨大生物を連れ歩くわけにはいかないことに思い至る。

『む？　確かにこの大きさですとユウキ様の普段の生活に差《さ》し支《つか》えますね。了解いたしました』

そう黒竜が呟くと、次の瞬間、黒竜の体が光に包まれ、それが収まると、そこには十四、五歳くらいの美しい少年が立っていた。

おお、人間バージョンは思ったよりも若いな。てっきりあのどでかい竜の体格や口調から、もっと歳をとっていると想像していたんだが。ある意味、男の娘《おとこのこ》と言ってもいいような美麗《びれい》な少年が現れたので、驚いた。

「これで問題ないでしょうか。ユウキ様」

「あ、ああ、問題ない、と思う」

イストも感心した様子で呟く。

「というかお主、人化の能力も有しているのか？　噂には聞いていたが、その能力を持つ者は魔物の中で特に上位種だと聞くぞ……」

「何を言っている、小娘。私は黒竜、魔物の上位種だぞ。人化などできて当然。とはいえ、私は竜種の中ではまだまだ若い。今後はユウキ様の下僕として見聞《けんぶん》を広めるつもりだ」

「それはよいが、誰が小娘じゃ。この小僧」

小娘呼ばわりされてカチンときたのか、イストが黒竜に食ってかかる。

「そっちこそ、誰が小僧だ、この小娘。見た目はこうだが、私は貴様よりレベルも年齢も上だぞ。もっと敬意を払え」

「なんじゃとー!? レベルはともかく、儂はこう見えて魔女族じゃぞ！ お主の年齢はいくつじゃ!?」

「千を超えたあたりから数えるのをやめた。で、貴様はいくつだ、魔女？」

黒竜の答えを聞いたイストは、さっきまでの勢いはどこへやら〝ぐぬぬぬ……〟と歯噛《はが》みして口を閉ざしてしまった。ああ、なるほど……年齢も黒竜より下なのね。

「では、主様《あるじさま》。主様の家に戻りましょう。もしよろしければ、外に出て私がドラゴンに戻り、背に乗せて運んで差し上げますが？」

「お、マジか。それなら転移石を使わずに済むな。というわけで、どうだろうか？ イスト」

「ふん、好きにせい！」

イストは何やらご立腹。ううむ、どうやら彼女と黒竜の相性はあまり良くないみたいだ。

今後はオレが二人の間に立ってクッションにならないとな。

「時にユウキ様。一つお願いがあるのですが、よろしいでしょうか？」

「ん、なんだ、黒竜？」

「その……よろしければ、私に名前をつけてくださると嬉しいのですが」

「名前？ そういえばお前って、名前ないの？」

「はい。通常、魔物は名前を持ちません。〝魔国〟に所属する魔物ならば名前を持つ者も多いのですが、私はあの国とは関わりがありませんので。ですから、ユウキ様の眷属となるに当たって、ぜひ名前を賜《たまわ》りたいと思いまして」

なるほど。魔国とかよく分からない単語が出てきたが、そこはまあ、気にしないでおこう。

しかし、名前かぁ。急に言われてもなぁ……と、オレはしばらく悩む。

「うーん。じゃあ、ブラックとか？」

さすがにまんますぎるな。もうちょい捻った方がいいかと思ったものの――

「ブラックですか。シンプルで良い名です。分かりました。では、今後は私のことをブラックとお呼び下さい。ユウキ様」

「え？　あ、ああ、分かった……」

あっさり受け入れちゃった。

というか、個人的には〝まんますぎますね〟と一回突っ込んでほしかったんだが、どうやらこいつはそういうのが通じない真面目な性格のようだ。

うーん、やってしまったかーと思っていると、隣にいたイストが代わりに〝まんまじゃな〟と突っ込みを入れてくれた。

うん、一応、突っ込んでくれてありがとう。気が済んだよ。

「では、改めて外へ行きましょう。主様」

「あ、ああ、分かった」

ブラックは名前をつけてもらったのが嬉しかったのか、上機嫌でオレ達を先導して前を歩く。まあ、本人が喜んでいるので、よしとするか。

◇　◇　◇

あれからオレ達は、黒竜改めブラックの背に乗って古城に戻ってきた。

「ほお、なるほど。ここが主様が暮らしている城ですか。古いですが、このような城をお持ちとは、さすがは主様。実は名のある貴族、あるいは王家の血筋だったりするのでしょうか」

イストの城を見たブラックが、称賛の言葉を並べ立てる。

「あー、いや、この城はイストのもので、オレは間借りさせてもらってるだけ」

「その通りじゃ、黒蜥蜴《くろとかげ》」

「なるほど。道理で薄汚いわけだ。外壁には草や蔦《つた》が絡《から》まり放題、今にも崩れ落ちそうな廃墟《はいきょ》といった感じじゃないか。よくもこのような魔物も住まぬカビ臭い場所に住んでるものだ。貴様のような陰気な魔女にはぴったりだな」

「お主、マジで殴り飛ばすぞ？」

「ちょちょ、二人ともやめてくれよ。それより、早く中に入ろう」

二人は隙あらばこんな調子で小競《こぜ》り合いを始めるので、こっちが気疲れしてしまう。というか、ブラックはオレ以外にはかなりぶっきらぼうな口調になるんだな。

オレがなんとか二人の口喧嘩《くちげんか》を抑えると、イストは腰に提《さ》げていた魔法の収納袋から洞窟で採った転移結晶を取り出した。

「まあ、よい。とにかく今は、この転移結晶で例の魔法陣を完成させ、異界との門を繋ぐとしよう。というわけで行くぞ、ユウキ」

「ああ、もちろん」

なんにしても、これでイストの研究が成功すれば、元の世界に戻れるかもしれない。

期待に胸を膨らませながらオレはイストとブラックとともに、古城の中へと入るのだった。

「さて、それでは始めるか」

例の魔法陣のある部屋に入り、早速実験を開始するイスト。

彼女は何やら不可思議な呪文を詠唱しながら、用意していた薬や様々なマジックアイテムを魔法陣の中へと入れていく。

オレはその様子を後ろから見守っているのだが、彼女いわく、この実験にはオレの協力も必要とのことだ。何かあればすぐ手伝えるように、転移結晶を持ったまま待機している。

そうこうしていると、薬の調合を行っていたイストがこちらを振り返った。

「うむ、そろそろじゃな。ユウキよ、魔法陣の中に入ってその転移結晶を使ってくれ」

「え、それって大丈夫なの？」

「大丈夫じゃ。これは異世界の者のデータを魔法陣の中に取り込むための作業じゃ。魔法陣の中に入っても問題はない。これを行った後、転移結晶を使えば、この世界と異世界を繋げることが可能になるはず。お主はそのための接点とでも言うべきか」

な、なるほど。よく分からないが、オレは言われるままに光り輝く魔法陣の中に入る。

すると、魔法陣の輝きが増し、周囲に不思議な光子《こうし》が漂いだした。オレの周りに浮かんでは散り、この光の粒一つ一つが、まるでオレの何かを解析しているようだ。

「よし、今じゃ。その転移結晶を使え」

「え？　使っていいの？」

「当たり前じゃ。いいから早くしろ」

ま、マジか。こんな貴重な物を？　まあ、イストがオレの協力が必要と言ったんだから、そうなんだろう。オレは両手に抱えた転移結晶を天高く掲げて宣言する。

「スキル！　『アイテム使用』！」

「……は？」

瞬間、転移結晶が使用され、オレの中に吸収された。

その後、すぐにオレはニュースキルを獲得する。

スキル：空間転移（ランク：A）
効果：使用者の思い浮かべる場所に瞬時に転移できる。その際複数人の転移が可能であり、最大百人まで転移させることが可能。

おお、なるほど。これはなかなか便利なスキルだ。あとはこのスキルを魔法陣の中で使用すればいいのか？　そう思ってイストを見ると……

顔を真っ赤にして、俯《うつむ》いたままワナワナと震えていた。

「イ、イスト？　どうした？　まさか感極《かんきわ》まって――」

「ば、ば、ば、馬鹿者～～～！　お主、何を『アイテム使用』しておるんじゃ～～～～!!」

イストの怒りが大爆発した。

「え、ええー!?　だ、だって、今イストがアイテムを使えって……！」

「馬鹿者！　その『アイテム使用』ではなく、〝普通にアイテムとして使え〟という意味じゃ!!　その状態のままこの魔法陣の上でその転移結晶を使えば、お主の波長と合う異世界と門が繋がるかもしれないと思ったんじゃ！」

「あ……」

あー、そっちの〝使え〟だったのね。

うん、いや、まあ、なんかおかしいなーとは思ったんだよ。こんな貴重な転移結晶をオレのスキルのために消費させるなんて。

いや、普通に考えれば、そっかー。アイテムはそうやって使うものだったもんねー。

「あはははは、やっちゃった……」

「あはは、ではないぞ！　笑って誤魔化《ごまか》せると思うなよ、お主。どう責任取るつもりじゃ？」

「あ、いや、その、ち、ちょっと勘違いというか、悪気は決してなくてだな……」

イストは明らかに殺意増し増しの目でオレを睨《にら》んでいる。

ま、まずい！　というか、貴重な転移結晶を取り込んでしまった上に、彼女の目的である儀式が完全におじゃんだ！　な、なんとかしなくては……そうだ！

「ま、待って！　今、転移結晶を使って何かスキル覚えたから！　これを使うから！　うん、転移結晶から得たスキルなら、代用できるでしょう？　それじゃあ、早速使ってみるね！」

せめて少しでも挽回《ばんかい》しようと、オレは有無を言わさずスキルを使用する。

「あ、ま、待て！　これはもともと転移結晶というアイテムを想定して描いた魔法陣であって、スキルによってそれを代用するなど想定しておらん。その場合は術式や魔法陣を調整してだな……！」

何やらイストが説明してくれたが、一歩遅かった。

次の瞬間、眩《まばゆ》い光がこの部屋を包み込んだ。

「うわっ！」

「なんじゃこれは！　ま、眩《まぶ》しい……！」

「あ、主様ー!!」

イストとブラックの声が聞こえる。

オレはあまりの眩さに瞳を閉じ、意識が一瞬沈んだ。


——しばらくして、ようやく光が止んだ後、オレは静かに目を開ける。

どうやらまだイストの城の中にいるらしいが……

「なっ……！」

「これは……？」

そこには、目を疑うような光景があった。

魔法陣の中で一人の少女がうずくまり、膝を抱えて眠っていたのだ。

「こ、この子は誰？　イストの知り合い？」

「い、いや、分からぬ。ここには儂以外住んでいないはず。この少女は今、突然この場に現れた。

正確には先程の光が収まると同時にじゃが……」

ということは、もしかして……？

オレとイストだけでなく、ブラックも驚いている。

オレは静かに膝を折り、倒れた少女に近づく。

眠っているのだろうか？　目を閉じたまま、浅い呼吸をしている。少なくとも生きてはいるようだ。

年齢はおよそ十二歳くらいだろうか？　見慣れないデザインの薄汚れた服をまとい、背丈はイストよりも低く、かなり幼い印象だ。

黒髪は肩にかかるくらいの長さであり、肌の色は雪のように白い。だが、それよりも驚いたのは、少女のおでこから生えた真っ白な角。これは明らかに人間が持つ器官ではない。無論、作り物などではなく、それは少女のおでこから直接生えている。

人間ではないのか……？

少女の顔を覗こうと顔を近づけた瞬間、閉じていた少女の瞼《まぶた》が開いた。

「――――！」

瞬間、少女と目が合い、オレは息を呑む。

それは突然少女が目覚めたのが理由ではなく、彼女の瞳を見たからだ。

少女の左目は今まで見たことがないほど美しく幻想的な金色で、人のものとは思えないような輝きを秘めていた。だが、オレが真に驚いたのはそちらではなく、もう片方の、右目だった。

なぜなら、そこにあったのは――空洞。

いや、その言葉は正確ではない。

虚《うつ》ろ。そう評していい真っ黒な穴が、少女の右目にぽっかりと空いていた。

一瞬、それこそ一秒にも満たない刹那《せつな》の視線の交差であったが、少女の虚ろな瞳を見た瞬間、オレは言いようのない不安を感じた。

それはまるで底のない深淵《しんえん》を覗くかのような感覚。

だが、少女は慌てた様子で右目を髪で隠し、両手で自らの体を抱きながら、後ずさりした。

「……だ、誰……？　こ、ここは……どこ……？」

明らかに怯《おび》えている様子の少女に対し、オレは両手を上げて害意がないとアピールをする。

「あ、オレの名前は安代優樹。で、この場所はこっちにいるイストって魔女が住む古城だよ」

「うむ、その通りじゃ」

「ちなみに、私の名前はブラック。こちらのユウキ様にお仕えする黒竜だ」

オレ達に続いてブラックが自己紹介する。

しかし、少女はビクビクと身を震わせながらこちらを眺めているのみ。

うーむ、やはり警戒されている。

それもそうか、いきなり目の前にオレらみたいなのがいたら怪しんで当然だ。

それより、先程の光と同時にこの少女が魔法陣の上に現れたということは、もしかしなくてもこの少女は――

「ユウキ。おそらくじゃが、この少女はお主同様、異なる世界から来た者である可能性が高い」

やはりか……

事前にイストが異なる世界との門を繋ごうとしていたことを考えれば、彼女は異世界から呼び出されたと考えるべきだろう。おそらくオレのスキルと魔法陣の力が合わさり、この少女を異なる世界からここへ呼び出してしまった。

となると、この原因はオレということになる。

参ったな……オレ自身あの胡散臭《うさんくさ》い王様にいきなりこんな世界に呼び出されて迷惑していたというのに、まさか自分であの王様と同じような過《あやま》ちを犯してしまうとは。

オレは目の前で怯えている少女を眺めながら頭を抱える。

幼い少女をこんな目に遭《あ》わせてしまったことを申し訳なく思う。

そんな微妙な空気の中、少女がおずおずと口を開く。

「……み、皆さんは……わ、私を……ど、奴隷にするつもり……なんですか……？」

「え？」

予想外の言葉に面食らい、オレ達は顔を見合わせる。

「奴隷って、なんでまたそんなことを……？」

「だ、だって……わ、私の右目……〝虚ろな瞳〟で、呪われた証《あかし》、です……こ、こんな穢《けが》れを持った者なんて……殺すか……奴隷として使い捨てるか……ど、どちらかしかありません……」

そう言って縮こまる少女。

虚ろな瞳っていうのは、あの右目のことか。

確かに普通では考えられない、穴のような目を彼女は持っていた。

イストとブラックはそれを見ていないらしく小首を傾げるが、少女が極度に怯えていることは伝わっている様子だ。

「……ふむ。虚ろな瞳とやらは分からぬが、その額から生えた角。少なくともこの世界にいる人に類する種族に、そのような角が生えたものはおらぬ」

イストの発言に少女は慌てたように角を両手で隠し、どこか自虐《じぎゃくてき》的な笑みを浮かべる。

「そ、そう……ですよね……わ、私……右目以前に……〝角持ち〟……ですもんね。……その時点で奴隷でしたね……ご、ごめんなさい。こ、ここがどこかは分かりませんが……ど、どうか……い、命だけは……た、助けて……ください……その代わりに……奴隷でも、なんでもします。……だ、だから……お、お願いします……た、助けて……助けて……」

少女はガタガタと震えながら涙を流す。

その姿はあまりに痛々しく、とても見てはいられない。

「イスト。この子――」

「分かっておる。おそらく奴隷階級の娘で、劣悪な環境で育ち、酷い仕打ちを受けてきたと見える。種族的、あるいは何らかの身体的特徴によって。いずれにしても、この子をここに呼び出した責任は儂にある」

イストも悲痛な表情で応えた。

「君、家族はいないのかい？」

「家族……？」

　オレがそう問いかけると、少女は一瞬何かを思い出すように顔を上げるが、すぐさま首を横に振る。

「ママが……お母さんがいた……けれど、お母さんは……私を捨ててどこかに……わ、私、お母さんに捨てられて奴隷に……で、でも仕方ないんです。こ、こんな異形《いぎょう》の瞳を持ってしまったら、お母さんに捨てられても当然で……だ、だから私にはもう奴隷になるしか……」

　必死に喋りながら瞳からポロポロと涙をこぼす少女の姿を見て、忘れていた幼い記憶を呼び起こされた。

『おい、聞いたかよ。優樹の母親、失踪《しっそう》したらしいぞ』

『マジかよ。オレは母ちゃんに捨てられたって聞いたぜー』

『つーか、母親に捨てられるとか、あいつ、どんだけ困らせてたんだろうなー』

　クラスメイト達が、わざとこちらに聞こえるように噂話をして、オレを笑い者にする。

〝オレは捨てられてなんかいない〟と、必死に自分に言い聞かせていた子供の頃の記憶が、感情が、目の前の少女を見ていると、湧き上がってくる。

「ママ……ママに捨てられてもよかったから……最後にもう一度……ママに、会いたかったよぉ……」

その言葉を聞いた瞬間、オレは思わず少女を抱きしめていた。

「――大丈夫だ。ママは、君のママは君を捨てたんじゃない。きっと何か理由があったんだ」

「え？」

少女はオレの腕の中で驚いたように目を見開いた。

「それと君は自分の右目を〝虚ろな瞳〟とか言っているが、オレはそんなのちっとも気にしないぞ」

そう告げて、オレは少女の顔を真正面から見つめる。

その顔は驚きと困惑に満ち溢れていた。

頭にそっと手を伸ばすと、少女は身を屈《かが》め〝ひっ……！〟と恐怖に顔を歪《ゆが》める。

ほんの少し触れようとしただけで、彼女は条件反射でこんな反応をする。この子にとって、誰かに手を伸ばされるという行為は……そういう意味を持っているのか。

そんな少女の境遇に思いを馳《は》せると、胸が締め付けられる。

それでも、そのまま少女の頭に手を伸ばして、優しく撫《な》でた。

「大丈夫だ。オレ達は君を奴隷なんかにしない」

「……え？」

少女は驚いたように顔を上げ、オレの目をまっすぐ見つめ返す。

「君をこの世界に勝手に呼び出してしまったのはオレ達の方だ。すまない。だから、そのお詫びというわけじゃないけれど、君のことを保護したい。オレもまだこの世界に召喚されて日が浅いけれど、だからこそ、君の不安とか恐怖が少しは分かるつもりだ。今すぐとは言わないから、よければオレ達を信用してもらえないかな」

なるべく怖がらせないように、オレは優しく語りかける。

少女はしばらくオレの顔を見つめ、次いで隣にいるイストやブラックの方にも目を向ける。

「ま、儂も同じようなものじゃ。手違いとはいえ、お主を勝手に召喚した責任は取る必要がある。この世界に来たばかりで行くあてもないじゃろうし、こんな城でよければ好きに部屋を使って構わぬぞ。無論、奴隷扱いをする気はない」

「私はそちらの主様――ユウキ様の意思に従うのみです。主様があなたを保護するというのなら、私もそれに同意するだけです」

二人のそんなセリフに少女は息を呑み、そして最後にもう一度オレを見ながら問いかける。

「……ほ、本当に私を奴隷に、しないんですか……？」

「しないよ。というよりも、どっちかと言うと、これからは一緒に暮らす仲間――家族として君を迎えたい」

「か、ぞく……」

少女は涙ぐみながら視線を落とすと、たどたどしく頷いた。

勝手な投影に過ぎないが、母親に捨てられたこの少女にオレは子供時代の自分を重ねた。そのせいかは分からないが、この子を守りたいという想いが胸の内から溢れてくる。

もちろん、この子をこの世界に召喚してしまった責任感もあるのだが、それ以上に、ただ単純にこの子のことを見捨てられない。そんな気持ちだった。

「……はい……わ、私、なんかでよければ……お、お願い、します……」

「こちらこそよろしく。それでよければ君の名前を教えてもらえないかな？」

少女は俯いたまま小さく答える。

「……ファナ。ファナ・ルー・ファナです……」

「うん、分かった。よろしくね、ファナ」

オレは少女——ファナの頭を優しく撫でて頷くのだった。


【現在ユウキが取得しているスキル】

『金貨投げ』『鉱物化（龍鱗化）』『魔法吸収』『空間転移』『ドラゴンブレス』『武具作製』

『薬草作製』『毒物耐性』『呪い耐性』『空中浮遊』『邪眼』『アイテムボックス』『炎魔法ＬＶ３』

『水魔法ＬＶ３』『風魔法ＬＶ３』『土魔法ＬＶ３』『光魔法ＬＶ３』『闇魔法ＬＶ３』

第三使用 ▽ ノーライフキング

「やれやれ、少し前までは儂一人の寂しい古城だったのに、気づけば三人も居候《いそうろう》が増えて騒がしくなったものじゃ」

そうボヤきながら食卓についたイストの前には、その三人の居候が座っていた。

一人はオレ、安代優樹、もう一人はオレの右隣で朝からステーキを食べている黒竜ことブラック、そして、反対側にはおぼつかない手でスープを飲んでいる少女ファナ。

昨日はオレとイスト二人だけだった朝の食事も、格段に賑《にぎ》やかになった。

何よりも大きな変化は、昨日オレが食べた小石のような食事ではなく、ちゃんとした料理を食べることになった点だ。

あれでは味気《あじけ》ないし、ファナに食べる喜びを与えたいという理由で、オレが提案した。

ちなみに、今後はオレが食事を作る当番だ。こう見えても一人暮らしで炊事洗濯等々一通りこなしていたので、材料さえあれば簡単な料理は作れる。

手始めに、イストに頼んで保管してある食材を出してもらい、野菜炒めとスープ、それから魚のフライなどを作ってみた。

こうした食材は異世界でも日本の物と大きな違いはなく、味もほとんど同じだったので、特に苦労はしなかった。

「ふぅー、ふぅー……はむ、はぐっ、もぐっ、もぐっ……～～っ！」

ファナはオレが作った料理をとても美味しそうに食べてくれる。

スプーンの持ち方は幼い子供がよくやるようなグーで握ってかきこむ形なのだが、本人は特に気にする様子もなく、目の前の料理を必死に食べている。

時折、ほっぺや洋服に食べ物をくっつけているが、そんなのお構いなしだ。

「ほら、ファナ。ほっぺたに食べ物が付いてるよ。それに口の周りも食べカスでぐちゃぐちゃじゃないか。慌てて食べる必要はないんだよ？」

オレがハンカチでファナの顔を拭くと、なぜだかファナは申し訳なさそうに顔を伏せる。

「……ご、ごめんなさい……ユウキ様……わ、私、こんなに美味しいもの、食べるの、初めてで……」

ファナは顔を真っ赤にしながら謝るが、言われなくても、さっきまでの彼女の様子を見れば分かる。

「大丈夫だよ。ここにある料理は全部ファナのものなんだから、誰も取ったりしないよ。落ち着いてゆっくり食べていいんだ」

オレは彼女の頭を優しく撫でながら告げた。

「ほ、本当に……？」

「ああ、本当だよ」

オレがそう告げるとファナは目をキラキラと輝かせ、再び目の前の料理をかきこみはじめる。頭では分かっていても、やはり美味しいものを早く体の中に入れたいという本能が勝《まさ》っているのだろう。

そんなファナの姿が微笑ましく、オレはしばらく彼女を眺めていた。

「まったく、お主の保護者体質には呆れたものじゃ。お主自身まだこの世界に慣れておらぬだろうに、自ら進んで少女の面倒まで見るとはな」

「主様は懐の深い御仁《ごじん》です。私はそんな主様にますます敬服の念を抱きました。ご立派です、主様」

「ブラック、そりゃ褒《ほ》めすぎだよ。オレが好きでこの子の面倒見てるだけだ」

そう言いながらオレはファナが食べ終わるまで、その姿をじっと見守っていた。

食事が終わり、テーブルにある食器を片付けていると、ファナが何かに気づいたように自分の食器を持ち、オレの後ろをついてきた。

「あれ、ファナ？」

彼女はオレに倣《なら》って流し台のところへ食器を運ぼうとするが、背が届かなくて苦戦している。

オレはクスリと笑い、後ろからファナを抱えた。

「わっ！」

「はい、これで流し台に食器を置けるよ。ちゃんと自分の分を持ってきてくれたんだね。偉いよ、ファナ」

頭を優しく撫でると、ファナは顔を赤くしたまま、いそいそと食器を流し台の上に置いた。

「……ち、ちゃんとお片づけしないと怒られるから……それに私、タダでここに住まわせてもらっているから……何もできないのはすごくいけないことだから……ちょっとでも、ユウキ様やイスト様のお役に立ちたい……」

必死に話すファナの言葉を聞き、胸が詰まる思いがした。

「いいんだよ、ファナ！　君は無理しなくても！　それに、元はと言えばオレが君をこの世界に呼び出したんだし……」

離れた場所で聞いていたイストも、オレの言葉に同意を示す。

「そ、そうじゃ！　ファナよ！　儂もお主をあれこれとこき使う気はないぞ！　むしろ、今まで奴隷として何かと苦労してきたのじゃろう？　ならば、ここにいる間は好きにしていいのじゃ！　子供らしく存分に甘えて、遊んで、寝て、食べて、楽しく過ごせ！　儂らはお主に何かを強制することはせぬ！」

慌ててオレとイストがそう告げるが、ファナはまだ戸惑っているようだ。

彼女はしばらく悩んだ後、小さな声で応える。

「そ、それじゃあ……わ、私がしたいことは……ユウキ様やイスト様のお手伝いを、したいです……」

うっ！　な、なんて健気《けなげ》な……！

これを無理に断れば、逆にファナは肩身が狭い思いをするだろう。オレはすぐさまイストに耳打ちして、相談をする。

「なあ、イスト。何かファナにできる仕事というか、そういうのないか？　もちろん無理をさせない範囲で」

「そうじゃな……お使いとかどうじゃ？」

「お使い？」

「うむ。実は週に一度、儂は冒険者ギルドに魔法薬を提供しておる。それで収入を得ているわけじゃが、ファナにそれを頼むのはどうじゃ？　無論、お主も一緒にな」

なるほど。確かにそれなら危険はない。ファナはここにいる以上、自分も何かの力になりたいと言っているし、こういう単純なお使い程度なら彼女でも十分できるだろう。

「分かった。それじゃあ、それでいこう」

「うむ。では薬を渡す。ちょっと待っておれ」

そう言ってイストは自分の部屋に薬を取りに行く。

しばらくして、彼女は両手に収まるサイズの箱をファナのところへと運んできた。

「ファナ。見えるか？　この箱の中に儂が作った魔法薬が入っておる。透明の水で、瓶に入っておるのがそれじゃ。これをギルドの受付に渡してもらえるか？　儂の、イストの使いと言えば、ギルドの受付で代金を払ってくれるはずじゃ。どうじゃ、頼めるかの？」

「う、うん！　私、頑張る！」

イストから箱を受け取ると、ファナは元気に頷き、すぐさま箱を力強くぎゅっと抱きしめる。

「ファナ。街までは少し距離があるから、オレが一緒について行ってあげるよ。先日、転移スキルを覚えたばかりで使ってみたかったんだ」

「う、うん。そ、それじゃあ、ユウキ様。お願いします……」

「ああ。けれど、その前に一つ。そのユウキ様ってのやめてくれないか？　オレはそんな呼び方をされるほどの人物じゃないよ」

「で、でも……」

「呼び捨てとか、それがダメならもっと呼びやすい名前で呼んでいいよ」

「…………」

ファナは一瞬迷うような表情をするが、すぐさま目を逸らし、顔を赤くしながら小さく呟く。

「じ、じゃあ……ぱ、パパ……って呼ぶのは……ダメ、ですか……？」

「へっ？」

思わぬ呼称に驚いて間抜けな声を出すオレを見て、ファナが慌てて首を振る。

「ご、ごめんなさい……！　や、やっぱり今のはなしで……！」

「いや！　いいよ！　うん！　全然いいよ！　オレのこと、パパって呼んでいいから！」

「！　ほ、本当？　ほ、本当に……本当……？」

「ああ、もちろんだよ！　それから変に敬語とかも使わなくていいからね」

「……う、うん。ありがとう……パパ」

オレがそう告げると、ファナは嬉しそうな顔で見上げてくる。

くぅ、なんて可愛い子だ。

堪らずニヤニヤしていると、イストが〝ごほんっ〟と咳払いをする。

あ、いかん。さっさと移動しないと。

「それじゃあ、ファナ。一緒に街まで移動しよう」

「うん！」

「主様。念のため、私も同行します」

ファナと一緒に転移しようとしたオレの傍《かたわ》らに、ブラックがすっと移動してきた。

「お、ブラックもか？　オーケー。じゃあ、三人で行こう」

そう声をかけ、オレは昨日覚えたばかりの『空間転移』のスキルを使用するのだった。

◇　◇　◇

「おお、マジで一瞬だな」

スキル発動と同時に目の前の景色が揺らいだかと思えば、次の瞬間にはオレが最初に訪れたあの街に立っていた。

「うわ～！」

そこは大通りで、様々な格好をした人達――冒険者、職人、商人、買い物客などが行き交っていた。

以前はそれほど目に付かなかったが、改めて見るとこの国には色んな人が住んでいるようだ。

そんな光景を、ファナは目をキラキラさせながら見ている。

「すごい……こんなにたくさんの建物や人がいる場所、私はじめて……」

「そうなのか？」

「うん……前にいたところはとても暗くて……冷たい場所。こんなに賑やかなところははじめて……」

ファナは興味津々な様子であちこちを見回す。

当然、道端《みちばた》で商売をしている雑貨店の商品や、屋台に並ぶ美味しそうな料理が目に留まる。彼女は明らかにそれらを物欲しそうに見つめていた。

そうか。彼女にとって、ここは初めて見る大きな街なんだ。せっかくだから記念に何か買ってやらないと。

「それじゃあ、ファナ。何か気になるものがあったら言って。オレが買ってあげるから」

「え!? そ、そんなの！ で、できないよ……」

「大丈夫だって。ファナは街に来るのが初めてなんでしょ？ なら、遠慮せずに甘えてよ。お金なら、ここにたくさんあるから」

オレは懐から、プラチナスライムを倒した際にイストからもらった報奨金を取り出す。

「で、でも……」

しかし、それでも躊躇《ちゅうちょ》しているファナを、ブラックが窘める。

「少女よ。甘えられる時に甘えるのも大事だぞ。主様はお前に甘えてほしいと思っている。ならば、それを断るのは逆に無礼だ。分かるか？」

ファナはしばらく考えるように目を伏せるが、やがて震える指で遠慮がちに目の前の屋台をにある品を指差す。

「そ、それじゃあ……あ、あれが……ほ、欲しい……」

彼女が示したのは、色鮮やかなりんご飴であった。

おお、この異世界にもりんご飴ってあるのか。いや、よくよく見ると、りんごというよりもオレンジっぽい果実だな。なんにしても、甘くて美味しそうな匂いが漂い、見た目もカラフルでいかにも子供の興味を引きそうな品物であった。

オレはすぐさま屋台の店主に頼み、そのりんご飴もどき――店主いわくベリッシュ飴と呼ばれるもの――を買い、ファナに渡す。

「はい、どうぞ」

「わあい！　ありがとう！　パパ！」

ファナはキラキラした目でオレから受け取った飴を見つめながら、すぐさまそれにかぶりつく。

果実の周りを包む透明な飴を何度も舌で舐《な》め、無邪気な笑みを浮かべる。

うんうん、こういう笑顔を見せてくれるのなら、多少の出費なんて全然お構いなし。というか、できればもっと甘えてほしいくらいだ。

そんなことを思いつつも、当初の目的でもあるお使いをするべく、オレ達はギルドへ移動しようとするが――その途中、ファナは前を歩く冒険者の足にぶつかってしまった。

「うわっ！」

「あっ、なんだこのガキ？」

男とぶつかった拍子《ひょうし》に、ファナは尻餅をつき、持っていた飴を地面に落としてしまう。

飴はまだ半分以上残っており、彼女はそれをショックの表情で見つめる。

が、ぶつかった男は自分のズボンに飴の一部がついているのに気づき、ファナに怒鳴り出す。

「おい！　ガキ！　てめえ、どういうつもりだ！」

「ひぃ……！」

「あん、汚え格好しやがって、奴隷のガキか何かか？　けっ、奴隷ごときが人様のズボン汚すとはな。随分と偉い身分の奴隷もいたもんだな」

男は服装からファナを奴隷と見なし、汚い言葉で罵《ののし》った。

それを受け、ファナは自分が奴隷であることを思い出したのか、震えながら謝罪する。

「ご、ごめんなさ……」

「ファナ。謝らなくていい」

ファナが頭を下げようとした瞬間、オレは彼女を庇うように男の前に出た。

「あん、なんだてめえ？　もしかして、てめえがこの奴隷の飼い主か」

「飼い主じゃない。オレはこの子の家族だ」

「家族だぁ？　けっ、最近はてめえみたいに買った奴隷を大事にする風変わりな奴らが増えてるが、そんな風に甘やかすから、奴隷達も自分達の身分を忘れて調子に乗るんだよ。いいか、奴隷ってのは、もっと厳しく躾《しつけ》るもんなんだよ」

「それは人によるでしょう。少なくとも、オレとこの子の関係に他人のあなたが口を出すべきではないのでは？」

「そうは言うが、オレはズボンを汚されたんだ。この落とし前は主人であるお前につけてもらうぜ」

　典型的なイチャモンに、オレは思わずため息をつく。

「分かった。どうすればいいんだ？　金か？」

「それも悪くはないが、そうだなぁ……オレと一勝負しろや、兄ちゃん」

「なに？」

「見ればこのガキ、頭から奇妙な角なんかを生やして、珍しい種族じゃないか。お前みたいなヒョロヒョロの男にはもったいない。こういう奴隷は冒険者であるオレ達の方が有効活用できる。というわけで、オレと勝負しろ。勝てばその奴隷の無礼は不問にする。ただしオレらが勝ったらそのガキはもらうぜ」

　男の提案を聞き、後ろにいた仲間と思《おぼ》しき冒険者達もゲスな笑みを浮かべる。

　有効活用ねぇ……さしずめ、どこかの見世物小屋に売るとか、奴隷商人とのツテがあるとか、そういうのだろう。ラノベでもそんな展開は多かった。なら、答えは一つ。

「分かった。手早くやろう」

「お、なんだよ。話が分かるじゃねえか。じゃあ、早速やろうか！　後悔するなよ？」

「!?　パ、パパ!?」

「心配するな、ファナ。こんな連中はすぐに倒す」

　オレの後ろで心配そうな声を漏らすファナに、微笑みながら応えた。

そんなオレの笑みが癇《かん》に障《さわ》ったのか、男は顔を赤くして右腕を振り上げる。

「調子に乗るなよ！　てめえみたいな優男《やさおとこ》に何ができるッ！」

声と共に拳が振り下ろされる。

だが、オレはそれを楽々受け止めてみせた。

そのまま相手の腕の力を利用し、唖然《あぜん》とした表情を浮かべる男を地面に倒す。

「ぐわっ！」

うーん。やはりレベルが上がったことで素《す》の能力もかなり上がっているようだ。

実際、黒竜をワンパンで仕留めたしな。

男の仲間らしき冒険者達が〝てめえ！〟とか言いながら武器を抜いて襲いかかってきた。

おいおい、さっきオレをヒョロヒョロの優男ってバカにしてたのに、ボスがやられたらすぐに武器を使うのかよ。

と、内心で突っ込みを入れながらも、オレは男達の攻撃をヒョイヒョイと躱《かわ》す。

正直、こいつら相手にスキルを使う必要はない。というか、下手にスキル使うと、殺してしまいそうだ。ここは手加減の意味を込めて、男達の腹めがけ、軽い掌底《しょうてい》をお見舞いする。

「ぐああああああああああ！」

軽く殴ったつもりが、男達は十数メートル先にある建物に激突し、壁にめり込んでしまった。

おおう、オレが強すぎるのか？　とは言え、スキルを使わなくて正解だったようだ。

そんなオレの攻撃を見て、先程倒れたリーダーらしき男が慌てて立ち上がる。

「て、てめえ!! な、何者だ!?」

「安代優樹。単なるこの子の父親だよ」

「ユ、ユウキだと!? てめえみたいな冒険者は聞いたことがないぞ! くそっ!」

男は明らかに焦った様子で後ずさる。そのままくるりと背を向け、〝覚えてろよ!〟と捨てゼリフを吐いて逃げ出そうとするが――

「待ちなさい。これだけの騒ぎを起こしてどこに行く気ですの?」

男の前には一人の女性が立ちはだかって進路を塞《ふさ》いでいた。

「!? な、なんだお前!?」

身長は百六十センチほど。すらりと引き締まった体型で、金色の髪をポニーテールにした美しい容姿。明らかに街の人達よりも高級そうな服を着て、その上に白銀の鎧を纏っている。

女騎士の如き佇《たたず》まいのその女性は、目の前の男にハッキリと告げる。

「先程の騒ぎ、見させてもらいました。街中での勝手な私闘、乱闘は王国法で禁止されています。しかも他人の所有物である奴隷に対し、契約もなしにそれを奪おうとするとは、盗賊にも劣る行為。王国の規律を守る者として、貴様の先程の所業は目に余ります。このまま兵舎まで来てもらいます」

「なっ、ふざけんなよ! この女が! いいからそこをど――」

女騎士の口上を聞いた男が顔を歪め、拳を振り上げる。

「続けて女性への暴行。これで罪状が一つ増えましたね」

女騎士は涼《すず》しい顔で男の拳を受け止めると、そのまま背負い投げで男の体を地面に叩きつける。

背中を強く打ちつけた男は、その場で悶絶《もんぜつ》する。

そんな隙を見計《みはか》らい、女性が笛のようなものを鳴らすと、近くにいた兵士達が集まってきた。

「！　これはメアリー様！　いかがなされたのですか？」

「この者達が往来で乱闘を行いました。速やかに兵舎まで連行しなさい」

「はっ、かしこまりました！」

兵士達は女騎士の指示に従って冒険者達を捕縛《ほばく》し、そのまま連れ去った。

その様子を見物していた周囲の人達が女騎士に賞賛の声を上げる。メアリーと呼ばれた女性は軽く手を上げて民衆に応えると、オレとファナの方へと近づいてきた。

「そちらの方、怪我はありませんか？　最近は冒険者の中にもあのように品位のない者が多くなっています。この王国を守護する者として謝罪します。申し訳ありません」

「ああ、いや、オレ達は大丈夫ですので、どうか顔を上げてください」

オレがそう言うと、女騎士は生真面目に再度謝罪の言葉を口にしてから頭を上げた。

彼女はファナの前でしゃがみこむと、その顔をまっすぐ見つめ問いかける。

「そちらの少女も大丈夫でしたか？」

「う、うん……」

「そう。お節介《せっかい》かもしれないけど、その服だと先程の男のようにあなたを低く見る者も多いでしょう。この近くに子供服を売っている店がありますよ。よければ、そこでこの子の服を購入するといいですわ。これは私から先程の男達の行為に対する迷惑料です」

そう言って女騎士はファナに金貨を数枚握らせた。

って、金貨⁉　思わぬ大金にオレは慌てて女性に声をかける。

「そ、そんな！　いいですよ！　この子の服ならオレが買ってあげる予定で……」

「なら、その分のお金で先程この子が落とした飴をまた購入してあげてください。お気になさらず、これは私が好きで勝手にやっていることです。……それに、私は生きているうちに少しでもこの街の誰かの役に立ちたいから」

そう呟いて微笑んだ女騎士の表情が、オレにはどこか寂しげに見えた。

だが、次の瞬間にはさっきまでの雰囲気に戻り、女性はファナに笑いかけるとそのまま人ごみの向こうへと消えていった。

「何やら変わった女性でしたね、主様。ああいうのをお人好しというのでしょうか？」

「どうだろうな。けれど、良い人なのは間違いないよ」

「うん、あのお姉ちゃん。すごく良い人だった。私、次にあの人に会ったら、ちゃんとお礼を言いたい……」

そう言ってファナは先程渡された金貨を大事に握り締め、女騎士が消えた方向を見つめていた。

あのメアリーとかいう女性、随分と立派な騎士だったな。もしかして、王宮に務める騎士団長か何かだろうか？

もう会う機会はないと思うけれど、もしまた会う機会があれば、改めてお礼をしたいな。

◇　◇　◇

あの後、オレ達はオススメされた服屋でファナに新しい服を購入し、ギルドへ向かった。

「――はい。確かに魔女イスト様の魔法薬に間違いありません。それではこちらが代金です。イスト様によろしくお伝えください」

「はい！」

ギルドでは、ファナが受付の女性に持ってきた箱を渡すと、その場でお金を出してくれた。

これでファナのお使いは終了だ。いやはや、途中色々あったが、うまくいって何よりだ。

初仕事を無事に終え、満面の笑みを浮かべるファナを見ながら、オレは一息つく。

そんなオレに受付の女性が遠慮がちに声をかけてきた。

「ところであの……あなたは先日、プラチナスライム退治を引き受けた方ですよね？」

「え、オレ？　よく覚えてるなー」

オレは全然気付かなかったが、あの時に対応してくれた女性みたいだ。彼女は笑いながら応える。

「だって、あんな依頼を受ける人って普通いませんから」

ああ、なるほど。それで印象に残ったのね。

「結局、あの後どうなったのですか？　イストさんからの使いでいらっしゃったということは、彼女は無事みたいですが、一緒に古城から避難を？」

「いや、普通に倒したけど」

何を言っているか分からないといった様子で、受付の女性が首を傾げる。

「はい？」

「だからプラチナスライム、普通に倒したけど」

「…………」

オレが再度そう告げると、それまで騒がしかったギルドが一気に静まり返った。そして——

『えええええええええええええーーーー!?』

と、冒険者達が一斉に叫び、口々に疑問の声を上げる。

「ちょ、兄ちゃん！　アンタ、本気で言ってるのかい!?」

「プラチナスライムを倒したとか、嘘こくなよ！」

「上級冒険者でも徒党を組まないと討伐は無理なんだぞ！　アンタみたいな新人が倒せるわけないだろう!?」

「い、いくらなんでもそれはホラですよね？」

ギルドの職員まで疑いの目を向けてきた。

「いや、あの、マジで倒したんだけど」

そう応えると、冒険者の一人がオレを指差した。

「待てよ。アンタ、本当にプラチナスライムを倒したって言うんならレベルを見せてみな。それでハッキリするぜ」

「まあ、レベルくらい別にいいけど。どうやって見せるの？」

「そりゃ、ステータス観察系のスキルか、ギルドにある水晶で見られるぜ。受付の嬢ちゃん。こいつが本当のこと言ってるか確かめてくれ。鑑定料金はオレが出す」

冒険者はそう言ってコインを一枚放り投げた。それを受け取った受付嬢は、すぐさま水晶を取り出して、オレを覗き見る。

「どれどれ……」

水晶に宿る光が歪み、文字を形作る。……そうして現れた文字は……１７３であった。

『…………』

再び訪れる沈黙。そして――

『えええええええええええええええええええええ!!』

大絶叫。

「う、嘘だろう!?　何このレベルー!?」

「ア、アンタどうやってこんなレベルに……!?」

「い、いや！　一人でプラチナスライム数匹を倒したなら、このレベルになるのも納得だが、しかし、普通では無理だぞ!?」

「い、一体どんなチートを使ったんだ、アンタ!?」

いやまあ、チートと言えばチートなんですけどね。オレは曖昧《あいまい》な返事をしながら、さっさとギルドを出ようとしたが、先程レベルを確認するよう頼んだ冒険者に腕を掴まれた。

「ま、待ってくれ！　アンタに話がある！」

「ちょ、いきなりなんですか。オレ達そろそろ帰らないといけないんで……」

どうも言いがかりなどではないらしく、男は真剣な表情で頭を下げる。

「この国の貴族、ヴァナディッシュ家を救ってくれないか!?」

「へっ？」

突然の依頼に、オレは目を丸くするが、男は必死な様子で続ける。

「プラチナスライムを倒し、それほどのレベルを持つアンタならなんとかできるかもしれないんだ！　お願いだ！　報奨金なら旦那様《だんなさま》が払ってくれる！　悪い話じゃないはずだ！　頼むよ！」

うーん、どうするか。

男の切羽《せっぱ》詰《つ》まった態度で懇願する姿を見ると、何やらかなり深刻な様子だ。

オレとしては報酬が出るなら依頼を受けてもいいのだが、ファナを連れたままというのが……

そう思って視線を向けると、彼女はその顔に天使のような微笑みを浮かべる。

「パパ、その人が困ってるなら、手伝っていいと思うよ。私はお買い物ちゃんとできたから、今度はパパのお仕事にもお付き合いする」

ああ、そう言われるとオレとしてもファナに良いところを見せたくなる。

ブラックも〝主様のお好きなように〟と、オレの意思に従うつもりのようだ。

うむ。この世界で生活していく以上、金銭はいくらあっても困らない。

何よりも、イストに養《やしな》われているばかりでは悪い。オレもここらで自分の仕事を見つけないとな。

「分かった。それじゃあ、その屋敷に案内してくれないか？」

「う、受けてくれるのか!?　助かる！　こっちだ！　案内するよ！」

男は居ても立ってもいられない様子でオレ達をギルドの外へ連れ出した。

やれやれ、一体どんな依頼なのやら。興味半分、不安半分だな。

男の案内に従い、オレ達は街から離れた場所にある大きな屋敷を訪れた。

「旦那様！　ただいま帰りました！　お喜びください！　例の問題を解決できるかもしれない冒険者を見つけてきましたぜ！」

「なに!?　本当か!?」

興奮気味に報告する男の声を聞いて出てきたのは、貴族らしい服に身を包んだ壮年の男性だ。年齢はおよそ五十代。口髭を生やした品のある外見であり、身につけているものの煌《きら》びやかさからして、かなり地位の高い貴族なのだろうとオレでも分かるほど。

その男性――おそらくはこの屋敷の主が、オレの前に立つ。

「彼がその助《すけ》っ人《と》なのかね？」

「はい。こう見えて彼は、単独でプラチナスライムを倒し、さらにレベルは173もあるという怪物です。おそらくこの王国――いや、世界中を探しても彼ほどの猛者《もさ》はいないでしょう」

「な、なんと⁉　レベル173とな⁉」

主は目を見開き、すぐさまオレ達に頭を下げる。

「いきなりこの館《やかた》へ呼び寄せた無礼、お許しください。さぞや名のある冒険者、いや英雄殿とお見受けいたしますが……あなた様を見込んで頼みがあります。どうか、この館……いえ、我らヴァナディッシュ家を救ってくださいませんか！」

「ちょ、そんな大げさな。救ってくださいって……まあ、オレにできることでしたら構いませんが」

困惑するオレを見かねて、ブラックが切羽詰まった様子の男性を落ち着かせる。

「とりあえず、館の主よ。まずはこの館にどのような危機が訪れているのか話すがいい。そうでなければ、主様も受けられぬ」

「た、確かに、そうでしたね。失礼いたしました」

男性はブラックに頭を下げると、改めてオレ達を談話室へと案内した。

オレ達は男性と向かい合ってソファに座る。

「改めまして、私はこの館の主、エドワード・ヴァナディッシュと申します。どうぞお見知りおきを」

「ご丁寧にどうも。安代優樹です。それでエドワードさん、この館に訪れている危機とはなんですか？」

「それは……」

オレがそう尋ねると、皆が重苦しい雰囲気で黙り込んだ。

だが、やがて意を決したようにエドワードさんが口を開く。

「……現在、この館を襲っている脅威とは、不死の王・ノーライフキングです……」

「ノーライフキング？」

オレがその名を呟いた瞬間、隣に座っていたブラックが突然立ち上がった。

「なっ!?　き、貴様、本気で言っているのか!?　本当にあのノーライフキングに狙われているというのか!?」

「はい、事実です……」

「ッ!?」

エドワードさんが頷くと、ブラックは明らかに動揺した様子でオレの腕を掴む。

「主様。差し出がましい進言になりますが、今すぐここから退去するべきです。彼らは決して関わってはならない相手に狙われております！」

「は？　ちょ、ブラック。お前、いきなり何言ってんだよ？　様子が変だぞ」

オレはそう言ってブラックを宥《なだ》めるが、その時、彼の体が僅かに震えているのに気づいた。

震え？　まさかこいつ、怯えているのか？

「ブラック、お前……怖がっているのか？」

「…………」

オレの質問にブラックは答えない。だが、その沈黙は肯定を意味しており、ブラックの震えが決して武者震《むしゃぶる》いや興奮から来ているものではないと、オレはハッキリと理解した。

「そちらの方が恐れるのも無理はありません。これは冒険者ギルドですら手に負えないもので、国家単位の戦力でも解決できない問題です。事実、国もギルドも我らヴァナディッシュ家を見捨てております」

「……そのノーライフキングっていうのはなんなのですか？」

「ノーライフキングとは、その名の通り死者の王。リッチ、ヴァンパイア王《キング》などと同一視されることもありますが、そうした命無き者達の頂点に立つ存在。不死の王なのです」

不死の王？　聞いてるだけでもかなり物騒だな……

「それで、どうしてそのノーライフキングに狙われているんですか？」

「それは……我らが〝英雄貴族〟の末裔《まつえい》だからです」

「？　どういうことですか？」

　エドワードさんはこの家の家系図を見せながら説明してくれた。

「まず、そもそもの始まりは我らヴァナディッシュの生まれにありました。我々は本来、王国の正統な貴族の血統ではありません。その起源は、異なる世界から訪れた勇者様にあります」

「異なる世界の勇者？」

「はい。今から五百年ほど前、勇者様は当時この世界を支配していた魔王を倒すために異界の地より召喚されたと伝えられています。勇者様は仲間とともに数々の試練を乗り越え、魔王ガルナザークを討ち滅ぼしました。そして、魔王を倒した勇者様は当時の王のはからいにより、貴族の称号を与えられ、この世界で安住の地を得たのです。それが我らヴァナディッシュ家の始まり。私はその勇者様の血を受け継ぐ子孫になるのです」

　なるほど、だから英雄貴族なのか。

　その異界から召喚された勇者とやらが、オレのいた世界と同じ人間だったのかどうかは分からないが、彼は元の世界に戻るよりもこの世界での定住をよしとしたらしい。

　まあ、人によっては元の世界よりも英雄や貴族として、もてはやされるこの世界に残る方が幸せだろうしな。あるいは、単純に帰る手段がなかったのかもしれないが。

オレもこの先どうなるか分からないな……などと悩んでいる間も、当主の話は続く。

「しかし、この時すでに我ら英雄貴族に対する呪いが始まっていました。倒されたはずの魔王ガルナザークは最期の瞬間、ある魔術を己自身にかけていたのです。奴は長い年月をかけて魂《たましい》だけの存在となり、復活しました。それがノーライフキング。奴の目的はただ一つ、かつて己を葬《ほうむ》った勇者の末裔、その血を受け継ぐヴァナディッシュ家を滅ぼすことです」

う、うわー。マジか。オレの背中に冷や汗が伝う。

「えっと、ちょっと待ってください。そのノーライフキングっていうのは、要するに魔王のアンデッドみたいなものですか？」

「……そうなりますね」

苦々しい表情で頷く当主様。

あ、あちゃー。そりゃ、誰もそんな依頼受けないわ。

かつてこの世界を支配していた魔王が五百年の歳月をかけて不死王として復活とか。そんなの、もうラスボスクラスじゃん。つーか、普通に魔王ってことじゃん⁉　ブラックでなくてもビビって当たり前だよ！　そもそも、今回オレ達異世界人が呼び出された理由って、そいつの復活なんじゃないの？

予想以上にスケールのデカい依頼に、考え込むオレ。ううむ、どうするべきか。

確かに、オレには『アイテム使用』というチートスキルがある。

そのおかげで様々なレアスキルをゲットし、レベルも１７３とかなりのものだ。しかし、だからといって魔王と今すぐ戦えるだろうか？

いや、そもそもそういうのは色々準備をかけてからやるべきであって、こんな突発的な依頼の形で魔王を倒すなんてどこの誰が……

そう悩むオレであったがその時、不意にこの部屋の扉が開いた。

「お父様。また新しい冒険者を雇ったというのは本当ですか？」

見るとそこには、金色の髪をポニーテールでまとめた美しい女性が立っていた。

品の良い服の上からは白銀の鎧をまとい、腰には剣を差し、いかにも女騎士といった風貌《ふうぼう》……

「！　あなたは！」

「あの時のお姉ちゃん！」

女性を見るや否や、ファナが飛びつく。

「あ、あなた達はあの時の？　ど、どうしてあなた達がここに？」

女性が驚きの声を上げるが、それはオレ達も同じであった。

一体どういうことかと困惑していると、エドワードさんが女性に声をかける。

「メアリー！　お前、そんな格好をして、どうしたんだ？」

メアリー。やはりそれがこの女性の名前らしい。

メアリーはファナをソファに座らせると、毅然《きぜん》とした態度でエドワードさんに答える。

「決まっていますわ。例のノーライフキングは私が倒します」

「バ、バカなことを言うな！　あのような化物を相手に、私やお前などが太刀打ちできるわけがないだろう!!」

父親に怒鳴《どな》られても、メアリーは一切顔色を変えずに言い放つ。

「いいえ、本気ですわ。むしろそれが勇者の血を受け継ぐ私達の使命でしょう。あのノーライフキングは、自分を殺した勇者の末裔のみを標的としております。そして、そんな私達を守るために、何人もの冒険者が命を落としました。彼らは本来なら失われる必要のない命です。私達という依頼主を守って、彼らはその身を犠牲《ぎせい》にしたのです……」

そう告げたメアリーの表情は悲痛なものであり、自分達を守って死んでいった者達への悲しみをにじませていた。

「もうこれ以上、私達のために誰かを犠牲にしたくありません。ノーライフキングの狙いが私達ヴァナディッシュ家の血筋だというなら、それと相対するのが私達の役目。本来、貴族とは民衆を守るためにある存在です。ここで彼ら冒険者――民衆の陰に隠れて自分達の命を優先するというのなら、私達英雄貴族の祖先である勇者様は嘆《なげ》くでしょう。私は自分に与えられた使命を果たします」

「メアリー……」

気丈《きじょう》に宣言したメアリーを前に、父であるエドワードさんは言葉を失う。彼とて娘の気持ちは理解しているのだろう。それに、先程のセリフから察する限り、すでに何人かの冒険者が犠牲になっているみたいだ。エドワードさんも自分達を守るために死んでいった者達に対し、申し訳ないと感じているに違いない。

消沈《しょうちん》するエドワードさんを背に、メアリーはオレの前に立つ。

「というわけで、申し訳ありませんが、あなた達はこの屋敷から出て行ってくださいませ。そんな軟弱そうな外見では、とてもではありませんがあのノーライフキングを倒せるとは思えませんわ。命の無駄遣いなどせず、さっさとそちらの少女を連れてお逃げなさい」

辛辣《しんらつ》な言葉を並べるメアリーだが、オレにはわざとこうした冷たい言い方をして自分達を見捨てるように演技していると思えてならない。彼女はオレをここまで案内した冒険者の男に対しても同様のセリフを吐く。

「あなたも同じですわよ、グラハム。今まで私達ヴァナディッシュ家の依頼を受けてくださったことには感謝しております。ですが、もはやあなたの力は必要ありません。そもそも、あなた程度のレベルであのノーライフキングの前に出れば瞬殺です。あとは私達でケリをつけますわ。ですから、あなたはどこか好きなところで冒険者稼業を続けてください」

しかし、冒険者グラハムは必死に食い下がり、思いの丈《たけ》をぶつける。

「お待ちください！　お嬢様！　アンタ達ヴァナディッシュ家は、なんの手柄《てがら》も実績もないオレ達のパーティに色んな依頼を出して、食《く》い扶持《ぶち》を稼がせてくれた恩人だ！　いや、それ以上にアンタ達英雄貴族は、ギルドや冒険者達に対してこれまで色んな支援をしてきたじゃないか！　貧民街に寄付していることも知っているし、貴族であるアンタが自ら騎士として街の見回りをしているのも皆知っている！　そんなアンタ達が命を狙われているのに、国はおろか、恩義を受けていたギルドや冒険者達の多くも縁を切った！　けれど、オレにはそんなことはできない！　アンタ達は紛《まぎ》れもない英雄の血を受け継ぐ立派な貴族だ！　この国の王やそれを担《かつ》ぐ名ばかりの貴族連中とはまるで違う！　アンタ達みたいな人こそ、この国を背負うべきなのに……なんでそのアンタ達がこんな目に……！」

「……ありがとう、グラハム。ですが、先程も言った通り、これは私達の問題です。もう他の方々を巻き込むわけにはいきませんわ」

グラハムの言葉に一瞬メアリーの瞳に迷いが生じるが、すぐさま厳しい表情に戻る。彼女は周囲にいた執事やメイド達に対しても退去を促《うなが》す。

「聞いての通りです。これよりこの屋敷に残った者の命の保証はできません。皆、今までよく私達に仕えてくれました。ですが、もう皆さんは自由です。どうぞ、遠慮せずにここから立ち去ってください」

「…………」

多くの執事やメイドは困惑した表情を見せるが、誰一人その場から動こうとしなかった。

それを見て、メアリーは苛立《いらだ》たしげに激しい罵倒《ばとう》混じりのセリフを放つ。

「聞いていなかったの？　あなた達がいても足手まといなのです！　役立たずには給金だって払いませんよ!?　さっさとここから消えなさい！」

「メアリーお嬢様。ここにいる連中は報酬がほしくて残るのではないのです。皆、あなた達に恩義がある。それを返すために命を捨てる覚悟なのですよ。それはオレも同じです。たとえあなた様から役立たずと言われようとも、オレ達はここに残ってヴァナディッシュ家を守ります」

決意の篭もったグラハムの発言に、周囲にいた家臣達全員が頷いた。

これにはさすがのメアリーも困惑した様子で言葉を失う。自分達を慕《した》って命がけで残ろうとする使用人達の姿に、胸を打たれているのだろう。しかし同時に、そんな彼らを犠牲にするわけにはいかないと、葛藤《かっとう》もしている。

そしてエドワードさんも、娘のメアリー同様に苦悩に満ちた表情を浮かべる。そんな二人の姿を見て、オレは静かに決心した。

「――エドワードさん。ノーライフキング討伐の依頼ですが、正式に受けることにします」

「!?　おお、本当ですか！」

顔を輝かせるエドワードさんの隣で、メアリーが頭を抱える。

「あ、あなた、何を考えていますの!?　先程の話を聞いておりましたか!?　これは私達ヴァナディッシュ家の問題であり、関係のない人物を巻き込むわけには――！」

「いや、オレはそちらのエドワードさんからの依頼を受けた。もう関係ないってことはないだろう。

それに……グラハムさんや、ここにいる使用人達の顔を見た以上、オレだけ何も見ないふりして逃げるわけにはいかなくなったよ。あなたには個人的な恩義もありますし」

「お、恩義？」

「ええ、街でいざこざを起こした際、助けてもらった」

「あ、あれは……私が来た時にはもうすでに騒ぎは収まっていました。あの男達もあなたがやっつけたのでしょう？　それを恩義だなんて……」

「だとしても、その娘《こ》――ファナがあなたを助けたいと思っています」

「え？」

オレの視線を追って自分の足元を見るメアリー。そこには、足にしがみつくファナの姿があった。

彼女は顔を見上げて必死に訴えかける。

「お姉ちゃん、死んじゃやだ……お姉ちゃん、私を助けてくれた……だから、今度はファナ達がお姉ちゃんの力になりたい……」

「あなた……」

そんなファナの縋《すが》るようなセリフに、メアリーは僅かに涙ぐむ。

「そういうことです。ファナがあなたを助けたいと思ったのなら、彼女の父親であるオレが、それを叶えるのは当然なのです」

オレがそう告げると、メアリーだけでなく、グラハムや多くの使用人達までもが深々と頭を下げた。

ファナの父親代わりとして、彼女にいいところを見せたいと思うのは本能だろうか。

それに、まだ勝てないと決まったわけではない。

たとえ相手が元魔王の不死王であっても、こっちには黒竜や、『アイテム使用』というチートスキルもある。まずはやるだけのことをやってみないとな。

決意を固めるオレを見て、メアリーもとうとう観念したのか、静かに頷いた。

「……分かりました。それではあなたの力を貸してください」

「ああ、大船に乗ったつもりで任せてくれ」

そう言って、オレは差し出されたメアリーの手を強く握り返すのだった。


それからオレは、自分の持つスキルとレベルについて、メアリーに説明した。

無論、プラチナスライムの討伐や黒竜討伐、その黒竜ブラックを仲間にした件についても話してある。

事情を何も知らないメアリーだけでなく、エドワードさんやグラハムも、改めて驚いた様子だ。

「レベル173……そ、それは確かにすごいですわ……それに、そちらの彼が黒竜とは……確かにこれならば勝つ可能性はあるかもしれませんわね……」

「うむ……私も黒竜が人間に仕えるなどという話は初めて聞いたが……」

「私はこちらの主様の力に感服し、その従者となったまで。とはいえ、主様ほどのレベルでも、ノーライフキングに太刀打ちできるかは分からない」

「やはり黒竜殿の力をもってしても、ノーライフキング打倒は難しいのですか？」

縋るように問いかけるエドワードに対し、ブラックははっきりと答える。

「不可能だな。少なくとも私の実力ではノーライフキングは倒せない。というよりも、そもそもノーライフキングを倒す手段は限られている。私ではどうやってもその条件を満たせない」

「？　それは一体どういうことですか？」

「分からないのか？　ノーライフキングとはその名の通り『不死王』――あらゆる意味で死というくびきを逃れた存在。言い換えれば不死身だ」

そう告げたブラックの一言に、この場の全員が息を呑む。

「――って、ちょっと待てよ、ブラック。不死身って……それじゃあ、倒せないってことか？」

「はい。普通のやり方でノーライフキングを倒すのは不可能です、主様」

「マジかよ。じゃあ、どうすればそいつを倒せるんだ？」

「方法はあります。ノーライフキングとは、生前強力な魔力を持った者が、怨念《おんねん》によって蘇《よみがえ》った存在です。そうなるべき死因と、強い憎悪の念がなければ成立しない存在でもあります。ですが、弱点もまたそこにあるのです」

「？　どういう意味だ？」

「ノーライフキングを滅ぼしうる唯一の方法は、生前の死因と同じ手段。それをもって対処するしかないのです」

死因……それはつまり、勇者にやられたのと同じ攻撃でないと倒せないということか？

そう思い至ったオレは、すぐさま勇者の子孫であるエドワードさんとメアリーの顔を見る。

「それならば判明しておりますわ。かつて魔王ガルナザークは私達の祖先である勇者が持つ聖剣〝エーヴァンテイン〟によって、命を絶たれたと伝えられています」

「ということは、その聖剣じゃないとノーライフキングは倒せないわけか。その剣はどこにあるんです？」

「この館の宝物庫にあります。ご案内いたしましょう」

そう言ってエドワードさんが立ち上がり、宝物庫へ案内した。

「ここです」

エドワードさんが足を止めたのは、屋敷の地下にある頑丈そうな扉の前だった。彼は懐から鍵を取り出し、重厚な扉をゆっくりと押し開く。

宝物庫と言うだけあって、扉の向こうには宝石や金貨、美術品など、目が眩むほどの宝があったが、中でも目を惹《ひ》くのは、その中心に飾られている荘厳《そうごん》な雰囲気の剣。

「あれが……」

思わず感嘆《かんたん》の声を漏らした。

「はい。あれこそ我らの祖先が魔王を倒した聖剣エーヴァンテインです」

なるほど。さすがは聖剣と言われるだけはある。見ているだけでこちらを圧倒するような何かを感じるし、装飾もそこらにある剣とは段違いだ。

オレみたいな素人でも一目で特別な剣と分かるほどの外見――なのだが、その聖剣を見た瞬間、オレは寒気にも似た奇妙な感覚を抱いた。

強力な武器が持つ凄味《すごみ》ってやつなのかもしれない。

だが、それを感じたのはどうやらオレだけであり、他の皆はすっかり聖剣の輝きに目を奪われている。

……うん、気のせいかな。

「黒竜殿の話が真実であるならば、あの聖剣でノーライフキングを倒せるはずです。……ですが、困ったことが一つ」

と、エドワードさんが身振りでオレに剣を持つよう促す。

え、いいの？　それじゃあ、遠慮なく……と剣を手に握るが、不思議なことに、剣はその場所からピクリとも動かない。それどころか、オレが全身全霊の力を込めて持ち上げようとしても、微動だにしなかった。

エドワードさんは残念そうにため息を吐く。

「やはりレベル１７３のあなた様でも無理でしたか……」

その後、ブラックや冒険者のグラハムも同じように剣を手に取ろうとするが、結果は同じであった。

「エドワードさん、これは一体？」

「はい。伝説の武器は持ち手を選ぶと言われています。つまりこの剣に選ばれた者でなければ装備できないのです」

マジか。しかし、こうした伝説の武器にはよくある設定とも言える。

うーん、これは困ったぞ。ノーライフキングを倒せる武器は見つかったが、それを使える人がいないのでは……

悩むオレ達に、エドワードさんが言いにくそうに切り出す。

「いえ、実は……装備できる者がいないわけではないのです……」

「え、本当ですか？　それって一体――」

「私が装備できますわ」

そう言ってメアリーが飾られていた剣を取ると、それはまるで普通の剣のように彼女の手に収まった。彼女は聖剣を自由自在に振り回し、素振《すぶ》りしてみせる。

ってことはあれか、勇者の血筋にしか装備できないのか。

とはいえ、装備できる者がいるのなら話は別だ。

「なら、作戦はこうだな。オレ達がそのノーライフキングを足止めし、動きを完全に封じたところで、メアリーが聖剣でそいつにトドメを刺す。そうすれば、奴を倒せるはずだ」

「確かに、それしか作戦はありませんが、しかし……」

エドワードさんはメアリーに不安そうな眼差しを向ける。

当然か。この作戦では娘さんの参加が前提となる。しかも、敵にトドメを刺す重要な役割。もし失敗すれば……いや、そうでなくても危険なことは目に見えている。

「大丈夫ですわ、お父様。皆さんが戦っているというのに、私一人だけ隠れるなんて真似はいたしません。それに最初に言ったように、これは英雄貴族である私達がなすべき戦い。ですから、私はこの聖剣で必ずノーライフキングを仕留めます。みなさんの足は引っ張りません」

メアリーは手にした剣を華麗《かれい》に振るう。

素人のオレから見てもその剣さばきはかなりのものであり、少なくとも初めて武器を手にとったお嬢様ではなさそうだ。

「こう見えて私、冒険者に憧れて小さい頃から剣の鍛錬《たんれん》を積んでいましたから。なんでしたら、王国を引退した騎士団長から直々に手ほどきを受けていましたわ」

メアリーは鮮やかな剣舞とともに自信満々に語るが、父親であるエドワードさんは複雑な表情だ。

とはいえ、これでノーライフキングを倒す可能性は見つかった。

そんな中、ブラックが疑問を呈《てい》する。

「時に、一つ気になったのだが、当主よ。そのノーライフキングとやらは今までどうやってこの屋敷を襲撃してきたのだ？　お前の話を聞く限り、すでに奴は何度か現れているのだろう？」

「それが……奴はいつも突然、霧《きり》のように出現するのです。最初に現れた時は真夜中で、その時は宣告に来たのです。〝勇者の末裔であるお前達を殺す〟と。そして次の週、私達は冒険者や魔術師、さらには王国の兵士達を配置し、館の周囲に結界を張って襲撃に備えました。ところが奴は結界をすり抜けたように突然室内に現れ、その場にいた全員を皆殺しに……」

エドワードさんは沈痛な面《おも》持《も》ちで続ける。

「この情報が伝わり、王国や一部の冒険者達は手を引いてしまいました。続く三回目の襲撃も同様で、その時に雇った者達も全滅。奴は恐怖に怯えて何もできない私とメアリーを嘲笑《あざわら》い、次の満月の夜に私達の命をもらうと宣言していきました……そして、その満月というのが、今夜なのです……」

なるほど。おそらく、ノーライフキングが最初にわざわざ宣告していったのは、エドワードさん達の恐怖心を煽《あお》るため。そして、二回目三回目にも彼らを殺さず、護衛の連中を殺したのも、同様の理由だろう。自分を殺した勇者の末裔。それを簡単に殺しては面白くない。

ブラックいわく、ノーライフキングは怨念で動く生命らしいから、相手をいたぶって余興めいた復讐《ふくしゅう》をするのも当然か。エドワードさん達にいよいよ後がない恐怖をたっぷり味わわせてから殺す。

確かに、報復としては最も効果的な手段だ。

「とりあえず、屋敷への侵入は防げないと考えていいんですね？　なら、オレ達がすることは一つ。

奴が現れた際に万全の態勢で迎え撃てるように準備を整える。エドワードさん、皆を館の外に集めるのはどうですか？」

「外、ですか？」

「はい。中で派手に暴れたら建物への被害が大きくなるでしょう。なら、あえて外で待ち受けて、オレ達も全力を出すのです」

オレやブラックが全力を出すとなると、やはり外での戦闘の方がいいだろう。特にブラックの場合、必殺の『シャドウフレア』は屋内では使えない。

それを聞いて、エドワードさんは納得した様子で頷く。

「分かりました。それでは、戦力は全て外に集中させましょう。私達も同行いたします」

「ええ、すみません」

敵の狙いがエドワードさん達ならば、護衛であるオレ達と一緒にいる方がいい。

一通り作戦が決まると、戦闘に参加するメンバーが外へと移動しはじめる。

オレは足元に縋りつくファナへと目線を落とし、優しく声をかけた。

「ファナ。そういうわけで、しばらくこの館の中で隠れていてくれないかな？　オレ達がノーライフキングを倒したら迎えにくるから」

「で、でも……」

「大丈夫。すぐに終わらせて、家に戻ろう」

オレはそう言って、ファナの頭をそっと撫でる。

彼女はしばらく不安そうな顔をしていたが、オレの顔を見て静かに頷いた。

オレはそのまま近くにいたメイドさんにファナを預け、ブラックとともに外に向かう。すると、背後から……

「——パパ！　無事に迎えに来てね！」

オレはその声に笑顔で応え、部屋を後にした。


「とりあえず、準備は万全だな」

「ええ」

「いつ来ても構いませんわ」

館の外に出たのは、オレとブラック、メアリー、エドワードさんの他に、グラハム率いる冒険者、さらにはこの館に残っていた護衛の兵士など。合計数十人が、館の敷地内にある広場に集まっていた。中央にメアリーとエドワードさんがいて、二人を囲むようにオレやブラック、グラハムが周囲を固めて円陣を組んでいる。

これならば、どこからノーライフキングが来ても迎撃できるはず。

外はすっかり日が暮れ、空には満月が顔を出していた。

二人の話が本当ならば、そろそろノーライフキングが現れる頃だ。

そう思いながら周囲を警戒していると……突如、メアリーが持つ聖剣が輝きはじめた。

「!? こ、これは……」

メアリーが驚いて身を硬くする。

すると突然、周囲に謎の霧が立ちこめ、オレ達の視界を遮《さえぎ》った。

思わぬ状況に、周囲から慌てる声が聞こえるが、ブラックが瞬時に魔力波を放ち、渦巻《うずま》いていた霧を全て消し去る。

「妙な小細工はやめろ。すでにいるのだろう。勿体つけずに現れたらどうだ。それでもかつては魔王と呼ばれた存在か？　アンデッドになって魂まで地に墜《お》ちたか？」

挑発するようなブラックの物言いに対し、どこからともなく笑い声が聞こえてきた。

魂すら凍りそうな不気味な声に、一同がざわめく。

そんなオレ達を嘲笑うように、突然目の前の空間がゆらぎ、真っ黒なローブに身を包んだ不気味な存在が現れた。たとえるなら、人の形をした漆黒の闇そのもの……そんな存在であった。

「ほぉ、珍しい存在がいると思えば、貴様黒竜か？　黒竜が人間の子飼いになっているとは。どちらが地に墜ちたか分からぬな」

ローブの下から覗く顔の部分には、何もなかった。そこにあったのは無――あるいは闇とも呼べる何か。

その真っ黒な顔の中心に、真紅《しんく》に輝く目がぽっかりと浮かび、オレ達を見据《みす》える。常人であれば、それに睨まれただけで動けなくなるだろう。

見ると、周囲にいた冒険者の何人かが奴の姿を見た途端《とたん》、金縛《かなしば》りにあったように固まっていた。

オレは『アイテム使用』で取得したスキル『呪い耐性』が効果を発揮したらしく、平気だ。

他に動けそうな者はブラックと、グラハムを含む数人の冒険者、それにメアリーのみ。

メアリーは僅かに足がすくんでいるが、聖剣の加護のおかげか、目の前にいるノーライフキングへの恐怖を振り払い、しっかりと身構えている。

「さて。予告通り、今回こそはお前達ヴァナディッシュ家の者の命を頂く。邪魔する者にも皆死んでもらう。我が復讐の邪魔をする者はいかなる者であろうと生かしてはおかぬ。無論、黒竜よ、貴様も同じだ」

そう言ってブラックを指差すノーライフキング。

その指先を見た瞬間、一瞬ブラックが目を泳がせるが、彼はすぐさま立ち直り、むしろ強気に睨み返す。

「それはどうかな。一つ言っておくぞ、ノーライフキング。この場において最強なのは私でも、お前でもない。こちらにいる我が主、ユウキ様こそがお前を討ち滅ぼす」

「ほう、そのような小僧がか？」

そう言ってノーライフキングは初めて興味深そうにオレを見た。

あんまり見つめてほしくないんだが。

「……なるほど。確かに一際《ひときわ》高いレベルの持ち主だな。だが、その程度でかつて魔王としてこの世界に君臨し、今や不死身のノーライフキングとなった私を倒せるとは思えぬな」

「ほざけ、ノーライフキング！　我が主を愚弄《ぐろう》した罪、底のない地獄にて後悔するがいい！」

咆哮と同時にブラックが先制の『シャドウフレア』を放つ。

上空に現れた無数の黒炎が太陽のような熱量を放ち、ノーライフキング目掛けて流星群のように降り注ぐ。

さながら絨毯爆撃のように激しい爆炎に呑み込まれるノーライフキング。いくら不死の魔王とはいえ、あれをまともに受ければ無事では済まないはず。そう思った矢先――

「なんだこれは？　『シャドウフレア』か？　随分と生ぬるい炎だな。これでは表面しか焼けぬ。肉の調理もレア程度であろう。本物の『シャドウフレア』がどういうものか、見せてやろうか？」

ノーライフキングがそう告げた瞬間、奴を包んでいた炎が一瞬にして霧散《むさん》した。

同時に、ノーライフキングの周囲に新たな黒い炎――『シャドウフレア』が生じる。ただし、その数も炎の勢いも、ブラックのそれを遥かに凌駕《りょうが》するものであった。

「!?　ば、バカなっ!?」

驚くブラックに対し、ノーライフキングは顔なき顔に笑みを浮かべ、『シャドウフレア』を放つ。

そのうちのいくつかはブラックが咄嗟に生み出した『シャドウフレア』で相殺《そうさい》したが、残りは容赦なくこちらに向かってくる。

まずい！　このままではオレはともかく、他は全滅だ！

オレは瞬時に『魔法吸収』のスキルを使い、降り注ぐ黒炎を吸収するが、その瞬間、体が内側から燃えるような激痛を感じた。同時に、ノーライフキングの『シャドウフレア』を吸収したオレの右腕から血が噴き出す。これは一体……!?

「主様！」

「ほう、『魔法吸収』のスキルか。小賢《こざか》しいスキルを取得しているな。だが、それは自分よりレベルが低い相手の魔法を吸収するもの。そちらの黒竜のものならいざ知らず、我の『シャドウフレア』を貴様のような小僧が吸収できると思ったか？」

ノーライフキングは傷ついたオレの腕を見て笑い声を上げる。

そうだった……これはあくまで自分のレベル以下の魔法を吸収するスキル。つまり、ノーライフキングのレベルはオレを上回っており、その魔法を吸収するのは危険ということだ。

これはまずい。長期戦になれば、こちらが圧倒的に不利。ならば、今オレが取得している中で最強のスキルを使って、一気に終わらせる！

「スキル発動！『金貨投げ』！」

ここはケチらず五十枚のコインを使用！

コイン一枚につき１０００の固定ダメージ、それを五十枚使用した５００００の固定ダメージ！

プラチナスライムすら跡形もなく吹き飛ばした最強のスキルだ！　これなら！

オレの指先から放たれた黄金の光は、見事ノーライフキングの胸を貫いた。だが――

「驚いたな。この身は霊体のため、物理攻撃は一切無効なのだが、貴様のそのスキル、霊的存在にもダメージを与えるのか？」

「なっ⁉」

ノーライフキングの胸に空いた穴は、オレの目の前で即座に塞がっていく。

まさか効いていないのか？　いや、そんなはずはない。

「どういうことだ……オレの『金貨投げ』は固定ダメージのはず……！」

「確かに今の攻撃で私もダメージを受けた。しかしな、一つ面白いことを教えてやろう、小僧。私の生命力の最大値は――１０００万だ」

な、なにーーーー⁉

１０００万だとーーーー⁉

とんでもない数字に、さすがのオレも驚く。

ということはあれか、オレが持っているコイン全てを使ったとしても、あいつの最大ＨＰの一割も削れないというのか……⁉

「加えて、私には『ＨＰ自動回復』というスキルがある。これは、一分あたりおよそ一割の生命力を回復させるものだ。先程のお前の攻撃で受けたダメージは、今会話していた間に修復された。同じような攻撃をどんなに繰り返そうとも、私のＨＰが減ることはない。永遠にな」

な、なんというチートだ……!?

マジでこいつラスボスクラスにやばい奴だ!?　魔王完全に舐めてた！

思わぬ敵の強さに萎縮《いしゅく》するオレに対し、目の前のノーライフキングは呆れた様子で息を吐く。

「やれやれ、黒竜を従えるほどの猛者と聞いて多少期待したのだがな。この程度とは残念だ。では、遊びも終わりとしよう」

そう告げながら、ノーライフキングは右手をかざした。そこに膨大な魔力が集まる。

「『デスタッチ』」

その一声とともにノーライフキングより放たれた魔力が、魑魅魍魎《ちみもうりょう》と化して襲いかかってきた。

実体のない魑魅魍魎どもに応戦することもできず、オレ達は逃げ惑うばかり。僅かでもそれに触れた冒険者は、一瞬で目から生気が消え、その場に倒れ込む。

「ふはははは！　我が右手から放たれたその魑魅魍魎に触れれば、お前達も亡霊の仲間入りだぞ」

な、なんて恐ろしいスキルを使うんだこいつ……!?　これはいくらオレの『魔法吸収』でもやばいか……!?

そう思っているうちに周囲を魑魅魍魎に囲まれてしまった。

絶体絶命かと思われたその時――

「はあああああああああああッ!!」

ブラックを中心に暗黒の魔力場が放たれ、周囲の魑魅魍魎は全て焼き尽くされる。

「主様！　今です！」

ブラックは高熱で自らの体を焦がしながらも、オレになんとか反撃の糸口を繋げる。

とはいえ、『金貨投げ』では奴は倒せない。『鉱物化』で腕をダイヤモンドやドラゴンの鱗に変質させても、肉体を持たない奴には効果がない。

残るスキルは『魔力吸収』と『空間転移』『武具作製』に『ドラゴンブレス』、それにレベル３の魔法がいくつか……

だめだ！　相手はブラックの『シャドウフレア』すら通じなかったんだ！　レベル３の魔法や『ドラゴンブレス』程度のスキルではおそらく届かない！　どうする!?

――いや、違う！　目的を見失うな。今オレがするべきは戦うことではなく足止めだ。

なんとかして奴を動けなくすれば、メアリーが聖剣で――

「そうか！」

「何をモタモタしているのかは知らぬが、遊びはこれまでと言ったぞ。キサマら全員、我が死の右手で直接殺してくれるわ」

そう言ってノーライフキングが動こうとした瞬間、オレは〝そのスキル〟を使用する。

「スキル！　『空間転移』！」

オレが発したスキルの名前を聞き、ノーライフキングが笑い声を上げる。

「ははははは！　この期《ご》に及んで逃げるか！　まあ、それもよかろう！　逃げろ逃げろ！　ヴァナディッシュ家の者以外の人間は逃がしてやるとも！　せいぜい我の恐怖におののく日々を過ごすがいい！」

「誰が逃げるって？」

哄笑《こうしょう》するノーライフキングに、しかしオレは笑い返す。

「逃げるんじゃない。止めるんだよ」

「なに？」

オレの言葉を訝《いぶか》しむノーライフキング。次の瞬間、奴は自分の身に起きた異常に気づく。

「!?　こ、これは……！　ど、どういうことだ!?　体が……体が動かぬッ!?」

奴の声音《こわね》に焦りがにじむ。

ノーライフキングはその場から全く動けず、前後左右、あらゆる方向に移動することができない。

まるでその場に固定されたように体が動かない。

「まさか、貴様、我に!?」

「そのまさかだよ。『空間転移』のスキルを応用して、お前の体をその場に固定した」

厳密に言えば、オレは『空間転移』のスキルを使い、ノーライフキングをその場に転移させ続けている。

つまり、その場から動いた瞬間、ノーライフキングは元の位置に戻る。これが奴をその場に固定し続けている理由だ。

スキルランクAは伊達《だて》ではなく、オレが認識した対象なら、たとえ敵であろうとも自由に転移可能で、しかも連続使用もできる。無論、かなりの消耗《しょうもう》を強《し》いられるが。

先程からオレが視界の右下に表示しているステータス画面では、MPのゲージがドンドン減少中だ。

オレは173というレベルに見合うMP最大値を持っているが、一秒ごとにこの『空間転移』スキルを使用しているせいで、すでに二割近くのMPを持っていかれてしまった。

しかし構うものか。その間に奴を固定しておけばいいんだ。

「おのれ、小僧が！　『空間転移』を使えるのが貴様だけだと思うな！」

瞬間、ノーライフキングの体がブレはじめる。

あいつ、オレと同じ『空間転移』を自分にかけて脱出を⁉

くそ、そうはさせるか！　オレは『空間転移』の力を強め、奴のスキルを相殺する。当然、MP消費も先程の倍——いや数倍に膨れ上がるが、あと少しだけ保てばいい。その間にオレは叫ぶ。

「メアリー！　今だ‼」

「分かりましたわ！」

すでにメアリーもタイミングを見計らっていたらしく、オレの合図と同時に聖剣を構え、そのままノーライフキング目指して一直線に駆ける。

「うおおおおおおお！　よせ、やめろおおおおおお‼」

自らに迫る聖剣を見て吠《ほ》えるノーライフキング。

だが、もう間に合わない。『空間転移』を阻害し、奴をその場に繋ぎ止めることに成功した！

「ノーライフキング！　覚悟おおおおおおおお!!」

メアリーは聖剣を掲げ、ノーライフキングの胸に突き刺す。

同時に、ノーライフキングの絶叫が響く。

勝った！　魔王を、ノーライフキングを倒したぞ!!

オレ達は勝利を確信し、喜びに打ち震える。

しかし――

「……っく、くっくっくっ……」

聞こえてきたのは、そんなオレ達を嘲笑うノーライフキングの笑い声だった。

「残念だったな」

ノーライフキングは目の前のメアリーを突き飛ばし、自らの胸に刺さった聖剣を引き抜いた。

聖剣はノーライフキングの手に収まり、その眩い純白の刀身が、闇の如き漆黒へと変化していく。

「ば、バカな!?」

聖剣の変貌《へんぼう》に、メアリーだけでなくエドワードさんも瞠目《どうもく》する。

驚き、恐怖に顔を歪めるオレ達を悠然《ゆうぜん》と眺めながら、ノーライフキングが告げる。

「聖剣で我を殺すことはできぬよ。なぜなら、この聖剣こそが我の本体なのだからな」

「……ど、どういうこと？」

メアリーは恐怖で震えながら呟く。

「ふふっ、良い表情だ。では、教えてやろう。貴様らはノーライフキングを倒すための手段が生前と同じ手段でなければならないことを知っていたみたいだな。だが、それを我が知らぬわけがないだろう？　故に、我は滅び去る前に〝絶対に我自身を殺せぬようにノーライフキング化する方法〟をとっていたのだよ」

どういうことだ？　奴の説明に眉をひそめる。

だが、次に奴が口にしたのは、とんでもない真実だった。

「我の魂が収められた依《よ》り代《しろ》、それがこの聖剣なのだよ」

「なっ！」

「ば、バカな⁉」

驚愕《きょうがく》するオレ達に、ノーライフキングは漆黒に輝く聖剣を掲げながら語る。

「今言ったように、ノーライフキングとなるには依り代が必要なのだ。通常ならば骸《むくろ》がそれになるが、別に骸でなくともよい。生前に我と関わりが深いもの、あるいは我の血肉が染み付いたものでもよい」

生前、奴と関わりのある……血肉が染み付いた……

そこまで言われて、オレは〝ハッ〟とする。

「その通り。我を殺した聖剣には我を殺した際に我の血肉がたっぷりと染み付いている。故に長い年月をかけて、我は聖剣を内部から侵食していった。聖剣の意思、主導権、属性すらも完全に手中に収めた我は、この剣に宿る魔力を利用し、ノーライフキングとしてこの世に現界したのだ」

そういうことだったのか。だから奴はヴァナディッシュ家の屋敷に現れたんだ。

エドワードさんが襲撃前に結界を張ったが、それを無視してノーライフキングは現れたと言った。

それも当然だ。奴は最初から——いや、数百年前からずっとこの英雄貴族の館の中で息を潜め、虎《こ》視眈々《したんたん》と復讐の機会を窺っていたのだ。

「そして、ここまで言えば分かるであろう？　今やこの聖剣は我の本体。この聖剣で我を殺すことなどできぬ。聖剣こそが我なのだから。つまり、ノーライフキングとなった我を倒す方法は——ない。我は紛《まご》うことなき不死王として復活したのだ」

「ば……ばか、な……」

これが事実であれば、もはや奴を倒す手段はない。

打つ手なし。万事休す。

それを悟り、メアリーだけでなく、エドワードさんや彼らを守ると誓ったはずのグラハム達も絶望に顔を染め、その場に膝をつく。

「くくく、よいぞ。その絶望した顔。それが見たかった。さて、では、長き復讐に幕を下ろすとしよう」

そう言って、ノーライフキングは漆黒の剣を構える。

狙いは目の前で膝を折るメアリー。彼女は悔しさで涙を浮かべるが、もはや勝てぬと諦めて、静かに目を閉じた。

「では、死ぬがよい。勇者の末裔よ！」

愉悦に満ちた宣言とともに、剣が振り下ろされる。

「――クソッ！　間に合え!!」

オレは咄嗟に飛び出し『鉱物化』スキルでダイヤモンドの硬さ――いや、今や『龍鱗化』によってドラゴンの鱗へと変化した右手で、黒き聖剣の一撃を受け止める。

「おおおおおおおおおおおおおおおお!!」

「貴様、まだ邪魔をするか!?」

「!?　あ、あなた、何を!?」

なんとかして庇おうとするオレに、メアリーが涙声で叫ぶ。

「も、もういいですわ！　私のことは見捨てて逃げてください！　やっぱり……無謀だったのです！　ノーライフキングに挑むなんて……！　あなた達だけでも逃げて……！」

「そうしたいところだけど、さすがにこうなったらやっこさんも逃がしてはくれないだろう」

事実、今やノーライフキングの真紅の両目はオレだけを見ていた。

「くっくっくっ、まさか目覚めてすぐにお前のような猛者と戦えるとは思わなかったぞ。察するに貴様、我を倒した勇者と同じ異世界人か？」

「だとしたらどうする？」

「無論、殺す。勇者と同じ存在など生かしておかぬ。何よりも貴様はいずれ我の脅威となりかねん。この場で確実に仕留める」

「それは光栄だな。オレも同じ意見だよ！」

「愚か者が！　弱点なき我をどうやって倒すというのだ！　人間よ!!」

「さあな！　これから探るさ！」

そうは言ってみたものの、正直手詰まりだ。

頼みの綱であった聖剣ではこいつを倒せない。あるいはあの剣を破壊するという手もあるかもしれないが、仮にも伝説の勇者が扱った聖剣、しかも魔王の魂がそれに宿っているとなると、聖剣自体の能力も増幅しているはず。

仮に奴のＨＰがまるまる聖剣に上乗せされているとするならば、事実上破壊不可能。一体どうする……!?

必死に考えるオレの背後から、不意に聞き覚えのある声が聞こえてきた。

「パパー!!」

振り返ると、そこには館の扉を開け放ち、オレに駆け寄ろうとするファナの姿があった。

「ファナ!?　来るんじゃない！」

「け、けれど、パパが……！」

ギロリと、ノーライフキングの真紅の瞳がファナを捉える。

「なんだ？　まだゴミが残っていたのか？」

ダメだ！　ファナを巻き込むわけにはいかない！

しかし、ノーライフキングがファナの存在を認識した瞬間、奴の声色が変化した。

「⁉　バカな！　なぜ、なぜそいつが……〝虚ろ〟がいる⁉」

「えっ？」

見ると、フードの下から覗くノーライフキングの瞳に明らかな動揺の色が浮かんでいた。

それを証明するように、オレと刃を交える聖剣が僅かに震えている。

「まさか、奴が……？　あ、ありえぬ……！　奴は確かにあの時……⁉」

なんだ、何を言っているんだこいつは？

よく分からないが、ノーライフキングは明らかに何かを恐れているようだ。

オレと刃を交えている最中にもかかわらず、その視線はファナに釘付けだ。

「ええい！　もはや貴様などに関わっている暇はない！　ヴァナディッシュ家の娘も後回しだ！

今はそこにいる〝虚ろ〟の命を奪う‼」

そう叫ぶや否や、ノーライフキングはオレを吹き飛ばし、一直線にファナを目指す。

高く掲げられた漆黒の聖剣が、まっすぐにファナの頭上へと振り下ろされる。

「死ね！」

「……ッ！」

眼前に迫る刃に目を閉ざすファナ。

「そうはさせるか!!」

オレは瞬時に『空間転移』を使い、両手を『龍鱗化』させたままノーライフキングの一撃を受け止める、が——

「ぐッ!!」

「パパッ!?」

ノーライフキングが放った全力の一撃は、オレの腕の表面を覆うドラゴンの鱗を切り裂き、刃が骨へと達する。

「ぐあああああ！」

マジかよ。『鉱物化』のスキルも合わさって、オレの鱗はダイヤモンド以上の硬さになっているのに、それを切り裂くのか……!?　つーか、洒落《しゃれ》にならねえ痛さだ！　なんだよこれ、『鉱物化』してるのに腕が焼けるように痛い！

苦痛に呻《うめ》くオレを見て、ノーライフキングが哄笑を上げる。

「ははははははは！　愚かなり、人間！　そのような腕で我が聖剣、いや魔剣の一撃を受け止められると思ったか!?　このままその両腕を切り落とし、貴様もろとも小娘を殺してくれるわ！」

「主様!!」

「ユ、ユウキー!!」

「パパー!!」

ブラック、メアリー、さらにファナがオレの名を叫ぶ。

絶体絶命のピンチ。

だが、そこでオレにある考えが舞い降りた。

オレは気力を振り絞り、目の前のノーライフキングへ笑みを返す。

「――残念だな、死ぬのはお前だよ。ノーライフキング、いや、魔王ガルナザーク」

「なに?」

オレは血まみれの右手で左腕に突き刺さった魔王の剣を握った。

「愚かな。言ったはずだぞ、この武器で我は倒せぬ。それに、そもそも聖剣は選ばれし者しか装備できぬ。勇者の血を引かぬお前がこの武器を装備できるはずがないだろう?」

不可解そうな声を漏らすノーライフキングに、オレは告げる。

「いいや、違う。装備するんじゃない。――使うんだよ」

「なんだと……」

直後、オレは剣を『使用』する。

「『アイテム使用』!!」

「⁉　な、な、なんだこれはあああああああああああああああ⁉」

刹那。オレの手とノーライフキングの聖剣を中心に、次元が歪むのではないかというほどの力場が発生する。

聖剣が光り輝き、その身を細かい粒子へと変化させ、オレの傷ついた腕に取り込まれていく。まるで傷ついた箇所を修復するように、聖剣の欠片がオレの血、肉、細胞の一つ一つにまで染み渡るのを感じる。そして同時に、聖剣そのものと一体化しているというノーライフキングの体にも変化が生じた。

「お、おおおおおおおおおおお⁉　バ、バカな！　バカな！　バカな！　バカなああああああああああああ⁉　貴様！　まさか我を、この聖剣ごと我を吸収するつもりかあああああああああ⁉」

奴の体は手に握った聖剣とともにオレの体へと吸収されていく。『アイテム使用』の効果が発揮されているのだ。

すでに体の半分が消え、残った部分で抵抗を試みるが、もう遅い。

「愚かな！　人の身で我を、この魔王ガルナザークを吸収し、そのまま抑えきれると思うか⁉　我は数百年にわたって聖剣の中に潜み、それを支配した魂だぞ！　貴様のような軟弱な人間に屈するものか！　後悔するがいい、人間！　これから貴様の内部を――いや、魂そのものを侵食し、乗っ取ってやろう！　もはや貴様に安息の日々はない！　我という魔王を抱え、それに支配される恐怖に震えるがいい！」

残るは頭部のみとなったノーライフキング――魔王ガルナザークはいよいよ最期を悟り、オレへと呪詛《じゅそ》の言葉を浴びせかけた。

だが、オレは動じず、強がり半分で笑ってみせる。

「ああ、やれるものならやってみろ。オレを聖剣みたいな無機物と一緒にするなよ。逆にオレがお前の魂を抑えてやる」

「おおおおおおおおおおおおおおおおおおおお!!」

断末魔《だんまつま》の絶叫を上げ、ノーライフキングと聖剣は完全に消失した。

スキル『アイテム使用』により、聖剣エーヴァンテインと魔王ガルナザークの魂を吸収しました。
これにより、勇者スキル及び魔王スキルの取得に成功しました。
勇者スキル『勇者の一撃』を取得しました。勇者スキル『ホーリーウェポン』を取得しました。
勇者スキル『光魔法ＬＶ１０』を取得しました。魔王スキル『魔王の威圧』を取得しました。魔王スキル『デスタッチ』を取得しました。魔王スキル『闇魔法ＬＶ１０』を取得しました。
称号：『勇者』を獲得しました。
称号：『魔王』を獲得しました。

オレの頭の中で次々と流れるアナウンス。無数のスキルや魔法の名が連なるが、さすがにそれら全部を聞き取ることはできなかった。

オレは全身の力を使い果たし、その場に膝をつく。

周りの者は皆、目の前で起きた出来事に呆然とし、ぽかんと口を開けたまま放心している。

そんな中、オレの背後にいたファナが目にいっぱいの涙を溜めて、オレの胸へと飛び込んできた。

「パパ！　パパ〜！　無事で……無事でよかったよぉ〜！」

「ははっ、当たり前だ。約束したろう？　これが終わったら皆で帰るって」

「うんっ！」

オレは嬉し涙を流すファナの頭に手を伸ばし、優しく撫でる。

ノーライフキング——魔王ガルナザークとの死闘は、誰も予想しなかった形で幕を下ろした。

◇　◇　◇

「ユウキ殿！　この度は我がヴァナディッシュ家の危機を救っていただき、まことにありがとうございました！　少ないが、これは依頼の報奨金です。ユウキ殿には改めてお礼を致したく思いますので、よろしければユウキ殿が住んでいる場所を教えていただけませんか？」

「ああ、それなら、街から少し離れた森の奥にある古城に住んでいますよ」

「ほう、それはもしや、魔女イスト様がいらっしゃる古城でしょうか？」

「そうですが、知っているんですか？」

「もちろん！　イスト様といえば我が国では賢人とも称される魔女です！　なるほど、あのお方と一緒に暮らしているのですか。それならば、ユウキ殿の力にも納得です」

いやまあ、一緒に暮らしはじめたのは、つい最近なんだけどね。それより、イストって賢人なんてご大層な名前で呼ばれているんだなあ……

そんなことを思いつつ、オレはエドワードさんからの報奨金を受け取る。

他にも館の執事やメイド、冒険者のグラハムなど、様々な人が代わる代わる感謝の言葉を口にした。

「ユ、ユウキ……その、助けてくれたことは感謝してますわ。べ、別にあなたなんかいなくっても、私は平気でしたけど」

——と、メアリーがなぜかツンデレ風にお礼を言ってくる。

まあ、この子も無事で良かった。口調はこんなだけど、根はいい子だと分かっているので。

「け、けれどあなた！　我が家の宝である聖剣エーヴァンテインを勝手に吸収するのは、少しばかりやりすぎですわ！　ま、まあ、聖剣もあなたへの報酬の一つと考えれば納得ですけれど……」

あ、そういえばそうだった。

流れとはいえ、オレはこの家の宝でもある聖剣を『アイテム使用』によって取り込んでしまった。

さすがにマズかったかと思ったが、当主のエドワードさんは〝気にしなくてもいい〟と、笑って済ましてくれた。

メアリーも顔を背《そむ》けながら〝ま、まあ、今後はツケで色々払っていただきますから〟とかなんとか、モゴモゴ言っている。

うーむ。まあ、二人とも仕方がなかったと納得しているみたいだし、聖剣については大丈夫かな？

唯一心配といえば、オレの中に取り込んだノーライフキング……魔王の魂だが。

そう考えていると、ファナがオレの服の裾《すそ》を引っ張った。

「パパ……そろそろ帰らないと」

「ん、ああ、そうだった。お使いのはずが、気づいたらもう夜中だしな。早く帰らないと、イストが心配するか」

「うん！」

オレはエドワードさん達に挨拶をする。

「それじゃあ、オレ達はそろそろ帰りますので」

「分かりました。いつでも我が屋敷をお訪ねください。ユウキ殿なら大歓迎です。それに、困ったことがあれば、ぜひ私を頼っていただきたい。必ず力になると約束しましょう」

「ありがとうございます。さあ、ファナ、ブラック」

挨拶を済ませ、『空間転移』で帰ろうとするオレを、メアリーが呼び止めた。

「ま、待ちなさい！　その、ユウキ……こ、今度よければ私と一緒にお茶……してくださらないかしら……」

「はあ、お茶ですか？　まあ、それくらいならいつでも」

「！　ほ、本当ですの!?　や、約束ですよ！　絶対にですからね！　そっちが連絡しなくても、私の方から迎えに行きますから！」

「は、はあ」

何やら興奮気味なメアリーに曖昧に頷きながら、オレはファナとブラックを連れてイストのいる古城に転移するのだった。


【現在ユウキが取得しているスキル】

『金貨投げ』『鉱物化（龍鱗化）』『魔法吸収』『空間転移』『ドラゴンブレス』『勇者の一撃』

『ホーリーウェポン』『魔王の威圧』『デスタッチ』『武具作製』『薬草作製』『毒物耐性』

『呪い耐性』『空中浮遊』『邪眼』『アイテムボックス』『炎魔法ＬＶ３』『水魔法ＬＶ３』

『風魔法ＬＶ３』『土魔法ＬＶ３』『光魔法ＬＶ１０』『闇魔法ＬＶ１０』

「遅いぞ。お主達、あの程度のお使いで、なぜこんな真夜中までかかるのじゃ!?」

古城に帰ると、珍しく苛立った様子のイストがオレ達を迎えた。

「いやー、それが……実は色々なことがありまして……」

オレは彼女にこれまでの顛末《てんまつ》を説明する。

「な、なんじゃとおおおおおおおお!? ノーライフキングを倒したああああああああ!?」

「あ、ああ。で『アイテム使用』のスキルで、そのノーライフキングと聖剣がオレの中に取り込まれた」

大声で叫んだイストは、その後にでっかいため息を吐きながら頭を抱える。

「……まったく、お主という奴は奇想天外《きそうてんがい》、予想のつかぬことばかりしおって……どこの世界に、お使いに行ったついでに魔王退治してくるバカがいるのじゃ……」

「えーと、ここに？」

わざとおどけた調子で自分を指してみるが、すぐさま杖で頭を叩かれた。痛い。

それを見たブラックが抗議する。

「こら、何をする、貴様。主様は人助けをしたのだぞ。しかも、その過程で魔王を倒したのだ。一体なぜ責められなければならん？」

「アホか！　ツッコミどころ満載じゃ！　そもそも、いくらレベルが尋常《じんじょう》ではないとは言え、かつてこの世界を支配していた魔王といきなり戦うバカがどこにいる⁉　せめて儂に連絡をよこすとか、あったじゃろう！　いや、確かに儂がいても戦力は変わらぬかもしれぬが、儂には他の者にない知識と経験がある！　なぜそれを頼りにせぬ！」

「あー、えーと……ひょっとして、自分に声をかけてくれなかったから怒ってる？」

「なっ⁉　そ、そんなわけあるか！　別にお主の心配などしておらぬわ！　馬鹿者‼」

そう言って、ますます怒るイスト。だが、すぐさま真剣な表情になって、オレを見る。

「……それで、本当に大丈夫なのか？」

「ああ、傷なら問題ないよ。メアリー達に回復魔法をかけてもらって傷一つないから」

「違う、傷のことではない。お主の魂じゃ」

その一言に、オレはギクリとした。

「お主が持つ『アイテム使用』には未だ謎が多い。ノーライフキング――いや、魔王ガルナザークは聖剣に己の魂を封じていた。それを丸ごと吸収したのじゃ、お主にもなんらかの変化が起こったのではないのか？」

「あー、そういえば『アイテム使用』時に勇者スキルだの、魔王スキルだの、色々取得していたな。あと、称号で『勇者』と『魔王』が手に入ったような気がする」

オレがそう告げると、ブラックとイストが大袈裟《おおげさ》なくらい驚く。

えーと、どうかしました？

「お、お主！『勇者』だけではなく『魔王』の称号も得たのか!?」

「え、ええ、まあ。っていうか、それってそんなすごいの？　だって単なる称号でしょう？」

今にも掴みかかりそうな勢いで問い質《ただ》すイストに困惑していると、ブラックまで血相を変えて捲し立てる。

「ち、違います！　主様！　この世界において称号とは、種族などに近い意味があります！　つまり、魂そのものを判別する一つのステータスです！　一度その称号が刻まれれば、称号通りの力と能力が与えられ、地位や環境が自然とそれに見合ったものに変化していくのです！　それはさながら運命のように、自分の意志とは無関係なもので、決して抗《あらが》えません！」

「な、何それ？　マジ？」

てっきりオレは、ゲームとかでよくある単なるお飾りの称号だと思ったんだが。

ということはオレ、これから魔王や勇者みたいな運命をたどるわけ？　でも、この二つって相反する称号じゃ……

「これまでも『勇者』や『魔王』の称号を手にした者はいた。そやつらは例外なく勇者、あるいは魔王として歴史に名を刻んだ。じゃが、その二つの称号を同時に手に入れた者なぞ、聞いたことがないぞ……お主、一体どうなるんじゃ……？」

イストは不安そうな表情でオレを見る。

やめてくれよ、オレまで不安になるだろ。

「そもそも、なぜ主様がその二つの称号を……？」

「考えられるのは、やはり『アイテム使用』の影響じゃな。お主が『使用』した聖剣は、かつて勇者が愛用していた武器じゃ。その聖剣を取り込んだことにより、持ち主であった勇者の能力をも取り込んだのじゃろう。まあ、この世に二つとない代物じゃ。それくらいの加護があってもおかしくはない。そしてもう一つ。お主達の話が本当ならば、その剣に魂を入れていた魔王も同時にお主に取り込まれ、称号とともに魔王が持つスキルも入手したと考えるのが自然じゃ。まったく……信じられぬ奴じゃぞ」

イストは頭を抱えてしまった。

ううむ、確かにそう言われると、我ながらとんでもないことになったものだ。今さら返品とかできないだろうし。

というか、取り込んだ魔王の魂がどうなったのかがやはり気になる。

あれからオレの身に変化はないが、あいつの魂が今も自分の中に眠っていると考えると、正直ゾッとする。

そんな不安を感じ取ったのか、傍《そば》にいたファナがそっと手を握ってくれた。

「パパ……大丈夫？」

その顔は心配と不安で曇っていたが、オレは彼女を励ますように笑って応える。

「大丈夫、この通り無事さ。イストもブラックも、そんな心配そうな顔をするなよ。オレは平気だって。なんせ『勇者』と『魔王』の二つの称号を手にした男だぞ？　むしろ、相反する性質の称号同士がオレの中で交わって、互いの運命を打ち消しあうかもしれないだろう？」

「ううむ……まあ、確かにお主の言うことも一理あるか。何しろこれまでに例がないからのぉ。誰もお主の運命は測れぬか」

「そうです、主様の言う通り。主様はかつてない存在です。私はそんな主様に付き従い、主様が歩む新たなる運命をともに歩きます！」

そう告げる二人に、笑顔で頷く。

異世界に転移してから数日、最初は役立たずだと思われたスキルが実はすごくチートで、そのおかげで圧倒的なレベルを手に入れた。黒竜を倒したり、異界の門を開いたり、果てはかつてこの世界を支配していた魔王を倒したりと、異世界転生した主人公が一生のうちにやるであろうイベントを一気にクリアしたオレ。

今後は平穏な日々を送ろうと固く心に誓うのだが……この時のオレは気づいていなかった。

むしろ、ここからがオレの物語の〝本当の始まり〟だったということに。

◇　◇　◇

「いやー、平和だなー。平和が一番。やっぱこうしてのんびりするのが一番幸せだわー」

ノーライフキングを倒してから一月《ひとつき》。オレは古城の中庭にある花畑で気持ちよく日光浴を楽しんでいた。隣では同じように花畑で遊ぶファナの姿がある。

そんなオレ達を少し離れた場所で観察していたイストが、呆れたようにため息を漏らす。

「やれやれ、お主という奴は。せっかくそれほどのレベルや称号まで持っているというのに、何をするわけでもなく、そのように日々だらけて過ごすとは……少しは勿体無いとか思わないのか？」

そう言われましても、オレとしてはこうしてのんびりだらだらするだけで十分幸せなのです。

あれから、オレが救ったヴァナディッシュ家の使いを名乗る兵士がこの古城にやってきて、ノーライフキングを倒したお礼にと、先日受け取った金貨よりも多くの報酬をくれた。

そのおかげで当面は仕事をしなくてもいい状態となり、オレはファナを連れて気分転換に街に遊びに行ったり、隣街に物見遊山《ものみゆさん》に出かけたりと、異世界生活を満喫《まんきつ》している。

なお、その間にメアリーが来て〝せ、先日のお礼にお茶に誘おうと思って〟とか言って、色んな喫茶店を回ったりもした。

ちなみに、その時は女騎士のような格好ではなく、ちゃんとフリルのついた、いかにもお嬢様という格好だった。やはり宿敵であるノーライフキングを倒したから、普段から騎士の格好をする必要がなくなったのだろうか。

ともかく、そんなこんなでオレはスローライフを満喫していた。

「遠方では魔人による脅威もあるというのに、お主という奴はつくづくマイペースじゃな」

少し皮肉が篭ったイストのセリフをサラッとかわす。

「その魔人だかなんだかは、他の転移者がどうにかしてくれるでしょう。王様もオレ以外の人に期待していたみたいだし。というか、オレがこれだけうまくいってるんだから、案外もう魔人とやらも全員倒されたかもよ?」

「だとよいがのぉ」

イストは呆れたように返事をした。

そうこうしているうちに、花畑で遊んでいたファナがトテトテと近づいてきた。

「はい、パパ！　これ！」

と、何かを差し出す。どうやら花冠《はなかんむり》のようだ。

初めて作ったらしく、ところどころゴテゴテとしており、輪の形もかなり歪《いびつ》である。しかし、そんなことは関係なく、ファナがオレのために作ってくれたという事実がとても嬉しかった。

「ありがとう、ファナ。大事にするよ」

「えへへ」

オレに頭を撫でられ、はにかむファナ。彼女はそのままイストに歩み寄り、背中に隠していたもう一つの花冠を差し出す。

「あの、イストさんにもこれ！　いつもお世話になっています！　温かい食事にベッド……本当にありがとうございます！　これからもよろしくです！」

ペコリと頭を下げるファナを見て、イストはすぐさまかぶっていた魔女帽子を脱いで花冠を頭に載せる。

「う、うむ！　こちらこそ礼を言うぞ、ファナよ！　それと、ここに住んでいることに関して気兼ねする必要ないと言っておるであろう。最近では料理の手伝いをしたいと言っておるが、お主のような子供が包丁を持つのは危険じゃ！　そういうのはまだ先でよいのじゃぞ」

「で、でも……私もパパやイストさんにお料理とか、作ってみたい……」

ファナが呟くのが聞こえ、オレとイストは思わず胸を押さえる。

くぅ、相変わらずなんて健気で良い子なのだ、ファナは。こんな子と一緒に住んでいるんだ、これ以上の癒《いや》しがどこにある。

オレもイストも、ファナに無理をさせたくないという思いと、この子の善意を断るのは忍びないという気持ちの二律背反《にりつはいはん》に悩んでいた。

と、その時。

「ユウキ様ー！　ユウキ様はいらっしゃいますかー!!」

「うん？」

突然、城の入口の方から呼び声がした。

一体何事かとオレやイストがそちらに向かうと、扉の前に兵士らしき連中が数人立っていた。

もしかしてエドワードさんの使いだろうか？

「ええと、ユウキはオレですけど。何かご用でしょうか？」

「あなた様がそうでしたか！　我々は国王様からの使いです。ユウキ様、国王様がユウキ様に登城をお願いしたいと仰《おお》せなのです」

「はい？」

唐突な兵士の頼みにオレは思わず間抜けな一言を返し、イストと顔を見合わせる。

「王様がオレに何の用なんだろう？」

「まあ、会えば分かるじゃろう」

◇　◇　◇

仕方なく兵士の要求を呑むことにしたオレは、イストとともに城へ向かった。

なおファナとブラックには一緒に古城での留守番を頼んだ。

何かあってもブラックならばファナを守ってくれるだろう。

そうして兵士に案内されるまま謁見《えっけん》の間へと向かい、オレは王様と再会したのだった。

扉を開いた先はオレがこの世界に転移したあの場所で、玉座に座る王様はどこか気まずそうな雰囲気をにじませている。

「どうも、王様。お久しぶりです」

とりあえず頭を下げつつ、挨拶をする。

「う、うむ。ひ、久しぶりじゃな。ユウキ殿」

思えばこの王様に見捨てられてからもう一月《ひとつき》以上になるのか。あれから色々あったが、結果として、今のオレは自由な生を得ている。ある意味感謝してもいい相手かもしれないが……さて、オレを不要と断じた王様が今さらなんの用だろうか？

王様はどこかそわそわしており、周りの兵士達も緊張した面持ちでこちらを見ている。

もしかしてオレ、何かやらかしちゃいました？

「……そ、その、ユウキ殿に聞きたいことがあるのだが、よろしいか？」

王様は妙に遠慮がちに切り出した。

「はあ、オレに答えられることでしたら」

「う、うむ。き、聞いた話によれば、お主はあのヴァナディッシュ家に現れたノーライフキングを倒したそうだが……ま、まことなのか!?」

「ええ、まあ、倒しましたけど」

オレがそう答えると、この場にいた全員の間にざわめきが広がった。

王様に至っては顔をヒクつかせている。

え、何？　倒しちゃまずかったの？

でも、倒さないとエドワードさんやメアリーの命が危なかったし……倒すでしょう、普通。

「ま、待て！　そ、それだけではない！　お主、プラチナスライムを倒したとか、果ては洞窟にいる黒竜を倒し、それを眷属にしたなどという噂もあるが、それもまことか⁉」

「ええ、まあ。全部本当ですよ」

その返答で、再び周囲がざわめき出す。

だんだんと不安になってくるオレをよそに、王様は頭を抱えたままうずくまってしまった。

そんな王に、隣にいた大臣らしき男が声をかける。

「へ、陛下……や、やはりこうなってはこの者に頼むしかないのでは？」

「い、いや、だがしかし、それは……」

「我々にはもう後がないのです……！　どうかご決断を……！」

「……う、うぐぐ」

なんなんだ一体？　オレが何かやらかしたのなら、はっきり言ってほしい。

そうでなくとも、このざわざわした雰囲気の中にいると胃が痛くなるので、早く帰りたい。

そんなオレの気持ちが通じたのか、王様が諦めたように口を開く。

「ユ、ユウキ殿……た、頼みがある……」

「はあ、なんでしょうか？」

「この国を、儂らを助けてくれーー!!」

突然、王様が叫び声を上げ、オレに頭を下げた。

え、ええと、何？　どういうこと？

あまりに唐突な事態にポカーンと口を開けていると、王様の隣にいた大臣が事情を説明する。

「そのー、実はですね。ユウキ様に魔人を倒してほしいのです」

「魔人っていうと、最初にオレ達を召喚した時に言っていたあれですか？」

「ええ、それです。その魔人の一人がこの王国にある拠点の一つ、ザラカス砦を占拠したのです。あそこは我が国の防衛の要《かなめ》。そこを占拠されれば魔物の軍勢が国内に押し寄せてきます」

へえー、そりゃ大事《おおごと》だ。ってか、この国にいるオレも無関係じゃねえよ。

「って、それなら他の転移者達に頼めばいいじゃないですか。確か二十人くらいいたはずでしょう？」

「い、いや、それがじゃの……」

王様は気まずそうに視線を逸らす。

なんなんだ一体？　そう思っていると、完全に予想外の答えが返ってきた。

「……全滅、したんじゃ……」

「え？」

「だ、だから、皆やられてしまったのじゃ！　ほとんどの者が魔人に占拠されたザラカス砦に向かったが、誰も戻ってこなかった！　ここに留まった数名の者も、皆魔人の強さにビビって逃げ出してしまったのだ！　もはや我が国に残っている転移者はお主だけなんじゃ！　ユウキ殿！」

え、えぇー。ぜ、全員やられたの？　つーか、逃げ出したって……

確か、あいつらそれなりにチートなスキル持っていて、それで調子に乗って〝この世界救ってやるぜー！〟とか息巻いてたじゃないですか。その結果がこれって……かなり残念なことになってるなー。

もちろん、それに期待してヨイショした王様もなんというか……

「で、残ったオレに助けを求めてきたってわけですか？」

「そ、そうなるな」

「前に、オレを手違いとか言って厄介払いしたのに、今になって頼るんですか？」

「…………」

王様だけでなく、この場にいる全員が青ざめた表情で黙り込む。

あー、まあ、そりゃそうだよなー。

役立たずだと思って捨てた奴が、いつの間にかプラチナスライムや黒竜を倒し、挙句ノーライフキングを倒すまでになっちゃったんだからなー。

対して、期待していた他の勇者一行は皆さん全滅。

王様としては、そりゃ複雑な心境だろうなー。

「で、ど、どうじゃ？　ぜ、ぜひ儂らを救ってほしいのじゃが？」

「ふぅむ」

王様の一言に、オレはわざとらしく考える素振《そぶ》りをする。

「も、もちろんタダとは言わぬぞ!?　この国にある宝は好きなだけ持っていくがよい！　金貨も一生使えぬほど渡してやろう！　どうじゃ!?　破格の条件じゃろう!?」

露骨にこちらの機嫌を窺ってくる王様が面白くて、オレの中の悪戯心《いたずらごころ》が疼《うず》く。

「はあ……とは言いましても、オレ、別に金には困っていませんしねー」

「え」

王様だけでなく、この場にいる全員の顔が引きつる。

「そもそもオレを戦力外として追い出したのは王様ですしー、今さらそんな王様の下につくのもねー」

「い、いや、その、あ、あれは悪かったというか……儂の思い違いというか……！　い、いや！　違うんじゃ！　儂は信じていたんじゃ！　お主の中に眠る真の力に！　だからこそ、あえてお主を外に出してじゃな！」

「それにしては、これまで全然音沙汰《おとさた》なかったですよねぇ。あの時の金貨は明らかに手切れ金でしたしー」

「い、いや、ち、ちが！　そ、そういうつもりではなく、その！」

慌てふためく王様。うん、申し訳ないがちょっと面白い。

「と、というか！　この国が攻め込まれれば、お主も困るじゃろう！　住む場所がなくなるのじゃぞ！　それでもよいのか!?」

そんな王様からの反撃にも、オレはあっさりと返す。

「いやー、オレには『空間転移』ってスキルありますし、いざとなれば別の国に避難しますよー」

とうとう王様は完全に固まってしまい、すっかり途方《とほう》に暮れている様子。

もう少しからかってやろうかと思ったところで、隣で見守っていたイストが、さすがに呆れ顔でため息をこぼした。

「はあ……もうそれくらいにしてやれ。屈辱《くつじょく》を味わわされたお主の気持ちも分かるが、さすがにこの国に攻め込まれると儂も困る。この王の頼みだけでは受けたくないのも分かるが、ここは儂からも頼む。お主の力を貸してもらえぬか、ユウキ」

まあ、イストにそう言われては仕方がないか。少しやりすぎたかなと反省しつつ、オレは頷く。

「分かってるよ、イスト。ちょっとからかっただけだ。王様、心配しなくてもその依頼、ちゃんと受けますよ」

オレの返事を聞き、王様の顔がパッと輝く。

「――っ！　ほ、本当か!?　本当に本当なのか、ユウキ殿!?」

「ええ、さすがにこの国が魔人に攻め込まれては、オレの知り合いも困りますし。けれど、報酬はちゃんと頂きますよ」

「も、もちろんじゃとも！　うおおおおお！　あのノーライフキングを倒したユウキ殿がいれば、魔人の脅威もなんのそのじゃあああああ！　ユウキ殿、確かに頼みましたぞおおおお!!」

その王様の声を合図に、この場にいた全員が喜びの雄叫《おたけ》びを上げる。

おおう、どんだけピンチだったんだよ、この国。

というか、なんだかんだ言ってこの王様ちゃっかりしてるなー。

感心半分、呆れ半分なオレであった。

◇　◇　◇

「ここがザラカス砦か」

「そのようじゃな。無数の魔物達が城壁を占拠しておるのが見える。砦内の人間は全滅したと考えるべきじゃな」

あの後オレは、砦の大体の位置を地図で確認し、イストとともに『空間転移』でその場所に移動した。

この砦には一度も来たことがなかったが、地図などで大体の場所が分かれば、そこへ行けると判明した。つくづく、この『空間転移』というスキルは便利極まりない。

ザラカス砦――鬱蒼《うっそう》とした森林の奥にある巨大な岩壁の間に建てられた要塞《ようさい》であり、地形的に正面以外からこの砦を攻略することは不可能な造りになっている。

無論、この先へ抜けるには砦を通る他はなく、まさに王国と隣国とを繋ぐ要所であった。

なるほど。確かにここが占拠されたとなれば、王国としては一大事。

実際、砦の前には無数の魔物達が陣を組み、侵入者を阻んでいる。

いや、逆か。むしろあれは、今から王国内へ侵攻しようとする侵略部隊の第一波かもしれない。

そんな光景をオレと一緒に木の陰から見ていたイストが、しみじみと呟く。

「しかし、まさかあのザラカス砦が落ちるとはな。噂に聞く魔人の脅威とやらは本物であったか」

「ところでイスト。今さらなんだけど、その魔人って具体的にどんなものなの？」

ふと気になって尋ねると、イストはその場でガクリと肩からずり落ちる。

「って、お主。転移者のくせに、魔人について何も知らないのか!?」

「いやまあ……オレ、転移してすぐに捨てられたから」

「ううむ、そうであったな……」

オレの返答に頭を抱えながらも、イストは説明してくれる。

「魔人とは、いわゆる魔物の中に現れる突然変異種じゃ。正確なことは分からぬが、何百年かに一人、魔物の中で特に強大な力を持った者が進化し、魔人になるという。あるいは魔物の中に血統と呼ばれるものがあり、その血統を受け継いだ者が魔人になるとも言われておる。魔人は魔物達を統率し、その勢力を増す。そして、力を増した魔人はやがて『魔王』へと進化するのじゃ。かつてこの世界に現れた魔王ガルナザークもそうした魔人が進化した存在であった。現在、この世界に現れた魔人の数は全部で六体。これは過去に例を見ない数であり、六人の魔人達はまるで互いに競い合うように人間の国に侵攻しておる。我々は、このかつてない六体の魔人の脅威を『六魔人』と呼んでいるのじゃ」

「へえ、なるほど」

「まあ、分かりやすくまとめれば、魔王候補が六人いると考えてよい。いや、今この世界を蹂躙《じゅうりん》している魔人の強さから言っても、六人それぞれが魔王に近い力を持つと考えてもよいかもしれぬな」

ほほう、前にオレが戦ったあのノーライフキングと同等の力を持つ魔人とな。しかも、それが六体。

確かに、それが本当なら世界の脅威と言えるし、あの国王が異世界から勇者を召喚しようというのも分かる。

だが、しかし――

「それはオレに対する侮辱《ぶじょく》だな、イスト。たかが魔人如きがこのオレと同等など、勘違いもはなはだしいぞ」

確かに、連中の力は認めよう。それでも〝このオレ〟に届くなどという自惚《うぬぼ》れは許し難《がた》い。魂ごと引き裂かれてもなおあまりある罪だな。

魔人と魔王を同一視するとは、人間の知識とはなんと浅はかなものか。

砦を支配している魔人にしてもそうだ。

あの程度の魔力でオレがいる地に侵略に来るなどと、よほどのバカか、あるいは死に急いでいるのか。

……オレの中に〝不可解な殺意〟が沸々《ふつふつ》と湧き上がってくる。

「お、お主、急にどうしたのじゃ……何やらいつもと雰囲気が違うが……？」

イストが顔を引きつらせながらこっちを見ている。

「へ？　何が？」

声をかけられた瞬間、蠢《うごめ》いていた黒い感情は霧散した。

……というか、オレは今、何を言った？

自分でもよく分からない感情と感覚に襲われ、思わず体を触って確認する。

特になんともない。気分も落ち着いている。魔人や魔物の軍勢を前にしても、奇妙なほどに。

だが、それとは別に妙な感覚……というか感情の残滓《ざんし》がある。これは一体？

そんなオレの不安を感じたのか、イストが心配そうに声をかける。

「……大丈夫か？　お主、先程奇妙なことを言っておったが……？　もし具合が悪いのならば、一度戻って体調を整えてから――」

「い、いや、大丈夫だよ、イスト。それよりも、放っておけば連中は王国に侵攻してくるんだろう？　なら、早くここで奴らを叩かないと」

「う、うむ、そうじゃな。分かった。では、行くとするか」

不安な気持ちを振り払うようにそう言って、オレはイストと共に砦に向かった。

◇　◇　◇

作戦は極めて単純。即《すなわ》ち、中央突破だ。

こちらの数はオレとイストの二人だけ。普通に考えれば、作戦とも呼べない自殺行為だろう。

しかしそれは、あくまでもその実力がない連中が実行した場合に限る。王様の命令でここに来た転移者連中には、残念ながらそれが伴っていなかったのだろう。

だが、オレとイストならば話は別だ。

物陰から出たオレ達が砦に近づくと、当然、周囲を警戒していた魔物達も気づき、一斉にこちらに迫ってくる。

先陣を切って向かってくるのは体長二メートルを超える鬼のような魔物、おそらくはオーガか。

その上空から翼を生やした全身石像のような魔物が襲いかかってくる。これはガーゴイルか。

他にもトロール、ワーウルフ、ゴブリンなど、ファンタジーものでよく見かける魔物が奇声を上げて近づいてくる。その数、ざっと見ただけでも百体以上。

これらをいちいち相手にするのは面倒だ。ならば、一気に殲滅《せんめつ》するまで。

オレはイストに下がるよう指示を出し、右手に集中させた魔力を解き放つ。

「シャドウフレア」

それは黒竜ブラックが得意とする魔法だ。

先日、『アイテム使用』で魔王ガルナザークの魂を吸収した際に、オレは『闇魔法ＬＶ１０』を取得した。この『シャドウフレア』は『闇魔法』のＬＶ９で覚えたものだ。

オレの手のひらから生まれた無数の黒炎が、まるで生き物のように蠢き、上空めがけ弾け飛び爆発する。

直後、漆黒の流星群が降り注ぎ、眼前に迫った魔物達を呑み込み、跡形もなく蒸発させる。

おおう、自分で使うのは初めてだが、とんでもないな。

とはいえ、これで雑魚《ざこ》は片付いた。

「やれやれ、『シャドウフレア』まで使いこなすとは。お主という奴は本当に規格外じゃな。というか、今のお主のスキルの数は一体どうなっておるのじゃ？」

「さあ、多分二十個くらいじゃないかな？　ただ、中には魔法習得系のスキルもあって、それらに付随《ふずい》する魔法の数も含めると百は超えるかも」

イストはすっかり呆れた様子で苦笑する。

「まったく、念のために儂もついてきたが、これならばお主一人でも片付くかもしれぬな」

「はは、それなら楽かもしれないな。とりあえず中に入ろう」

そう茶化《ちゃか》しながらもオレ達は砦正面の入口の鎧戸《よろいど》を破壊し、中に踏み込む。

予想はしていたが、砦の中は悲惨《ひさん》な光景が広がっていた。

通路のあちらこちらに争った形跡や血の跡があり、惨殺《ざんさつ》された兵士の死体がそのまま転がっていた。

さすがに魔物に占拠されたとなれば、そこにいる人間は無事では済まないか。

もう少し早く王様がオレに救援を頼んでいれば、この砦を奪われる前になんとかできたかもしれないと、僅かな後悔が生まれる。

「あまり気にするな、ユウキ。こやつらとて守るべきもののために戦ったのじゃ。それに、お主はこの砦を取り戻そうとしている。それを果たせれば、ここにいる連中も浮かばれよう」

そう言ってオレを元気づけようとするイスト。なんだかんだで彼女のこういう優しさには助けられる。

オレ達は砦の中枢《ちゅうすう》にある司令部を目指して進む。

途中、通路の奥に潜んでいた魔物達と出くわすが、それらは全てオレのスキルによりワンパン、あるいはイストの先制魔術により声を発することなく即死。

オレがチートすぎるといっても、イストも十分すぎるほど強い。

間違いなく王国内でもトップクラスのものだろうと思えるくらい、彼女の魔法は強力だった。

このような場所においても彼女は冷静さを保《たも》っている。それは、ここにいる魔物には後《おく》れを取らないという確固たる自信があるからだ。

そうして魔物達をなぎ払いながら司令部を目指して進んでいると――

「待て。生命反応がある」

唐突にイストが杖で近くの壁を叩きはじめた。

生命反応？　ということは、魔物が隠れて襲撃の機会を窺っているのか？

あれこれ考えている間にも、壁を叩いていたイストが隠しスイッチを発見した。

それを押した瞬間、近くの壁の一部が音を立てて動き出し、ぽっかりと口を開けた。

どうやら隠し部屋になっているようだ。

そこは窓もない薄暗い小部屋で……中には一人の男が怯えた表情でうずくまっていた。

「ひっ、こ、殺さないでくれっす！」

「お前は……」

オレはこの男に見覚えがある気がして、暗がりの中、目を凝《こ》らす。

金髪でなんとも軽薄そうな顔つきの二十歳前後の男だ。軽装の鎧を纏っているものの、中に着ているのは明らかに現代日本風の服。

「……国王に召喚された転移者の一人じゃないか？」

オレがそう声をかけると男は半泣きのままオレの顔を見る。

「へ？」

うん、やはりなんとなく覚えがある。確かあの時、他の転移者と一緒にいた奴だ。名前は知らないが。

「そ、そういうアンタは……確か、国王に金を渡されて追い出された人っすか？　な、なんでこんなところに？」

どうやら相手もオレのことを覚えていたようだ。

「その国王に頼まれて、この砦にいる魔人を倒しに来たんだよ。ちなみに、オレの名前は安代優樹だ。よろしくな」

「ま、魔人を倒しに来た⁉　アンタ正気っすか⁉」

男はギョッと目を見開き、オレの腕を掴む。

「悪いことは言わないっす！　すぐに逃げるんっすよ！　オレや他の転移者達も魔人を倒すためにここに来たけれど、あの魔人の強さは尋常じゃなかったっす！　オレ達の中で一番レベルが高くて強力なチートスキルを持った大和って奴がいたっすけど、そいつもあっさりやられたんっすよ⁉　オレは他の皆がやられている中、この隠し部屋に入って生き延びただけっす……アンタみたいな王に追い出された奴じゃ、あの魔人はとても……！」

「ああ、言いたいことは分かる。けど、オレは戻るつもりはないから、君だけでも先に逃げな。オレ達はこの先に行くよ」

「危険じゃから、帰るならばこの転移石を使うがよい」

そう言ってイストは男に転移石を渡すが、男は石を受け取ったまま動かない。

「なっ⁉　オレの話を聞いてなかったんっすか⁉　アンタ達じゃ殺されるっす！　いいから逃げるっすよ！」

「ええい、さっきから逃げろ逃げろと、やかましいぞ！　少しは静かにせい！　それに儂ら——というよりも、こやつの強さはお前の想像の遥かに上じゃ。なぜならこやつは魔人よりも格上である魔王と同等の存在なのじゃからな」

「は？　そ、それってどういう……」

困惑する男をその場に残し、オレとイストはさっさと先に向かう。

やがて、後ろから男が追いかけてきた。

「ま、待ってくれっす！　お、オレも一緒に行くっす！」

うーん、オレとしては逃げてくれた方が助かるんだが。まあ、こいつもオレやイストのことを心配してくれているのか。あるいは、一人で逃げるのが心細いとか……？

通路をしばらく歩くと、目の前に大きな扉が現れた。

おそらく、この先が砦の司令部なのだろう。

足を止めたオレ達に、後ろからついてきた先程の男が告げる。

「そ、その先が司令部……今は魔人が占拠する部屋っす。そこを開けたら最後、もう戻れないっすよ……」

やはりこの先だったか。

オレは隣にいるイストと頷き合うと、扉に手をかける。

扉を開けた瞬間、肌を切り裂くような殺気がピリピリと伝わってきた。

見ると、そこは巨大な広間になっていて、中央に据えられた立派な椅子に、まるで王のように座る一人の男がいた。

「ようこそ。まさか、まだ私に挑んでくる愚か者がいるとは思わなかったよ」

そう告げたのは青白い肌に、金の髪をなびかせた優男。

男が椅子から立ち上がると、背に二枚の黒い翼が広がった。

その様《さま》はまさに魔人と呼ぶに相応しい風貌であった。

「自己紹介させてもらおう。我が名は六魔人が一人、第六位〝吸血貴族〟ゾルアークだ。よろしく、異世界からの来訪者よ」

ゾルアークと名乗ったその魔人は、血にまみれた犬歯をむき出しに、オレに笑いかける。

「お前がこの砦を占拠した魔人か？」

「いかにも」

オレがそう質問すると優男――魔人ゾルアークは、いつの間にか手にしていた薔薇《ばら》で口元を隠しながら頷いた。

こいつ、吸血貴族とか言っているが、種族はヴァンパイアか？　魔人というのはヴァンパイアなのか？　オレが首を捻っていると、疑問に答えるようにイストが耳打ちする。

「ユウキよ。先程も言ったが、魔人とは特殊な進化をした魔物のことじゃ。あやつの力はすでに元となったヴァンパイアとは別次元になっておる。故に、ヴァンパイアと同じ方法で倒せるとは思わぬ方がよいぞ」

なるほど、そういうことか。元の種族がなんであろうと、ある一定以上の力を得た魔物が魔人になると。

それを証明するように、ゾルアークと名乗ったヴァンパイアは日光を嫌がるどころか、悠然と日差しが差し込む窓に寄りかかってみせる。

「そちらの少女の言う通り。私の種族はヴァンパイアだが、この身はすでに魔人。故に日光や、神聖魔法による弱点もない。とはいえ、ヴァンパイアとしての特性は失ってはいないよ。たとえば、人の血を啜《すす》る習性とかね」

そう告げるゾルアークの犬歯は赤く汚れており、奴が座っていた椅子の後ろを見ると、真っ青になって倒れ伏す人の手が見えた。

「この砦にいた連中はどうした？」

「吸っ・た・よ・。いやはや、どれも薄味で困ったものだ。転移者とかいう異世界からの勇者の血も何人か吸ってみたが、まあ、これはそれなりに上質であったな。しかし、君の血はその中でも特に芳《かんば》しい香りがする。是非とも私の食料になってほしいほどだ」

そう言って、魔人は血にまみれた牙を剥《む》く。

「そうか」

その答えだけで、こいつを殺すには十分な理由になった。

別段この世界に呼ばれた転移者達に仲間意識はない。同情するほど一緒にいたわけでもないし、言ってしまえば同時に巻き込まれただけの仲。それ以上でも以下でもないはず。

そう客観的な事実を理性が認識している一方で、なぜか心の奥底からこいつに対する憎しみが湧き上がるのを感じられる。

それは以前のオレにはなかった感覚だ。

人の命を餌《えさ》と言って見下すこいつの傲慢《ごうまん》さが許せないのか。それとも同郷の人間が惨殺された事実に義憤《ぎふん》を感じているのか。

いずれにせよ、オレは自らの内側より黒い感情が立ち上がるのを感じた。

魔人如きが〝オレ〟を見下すなど、五百年早い。『魔王』の称号を持つ者の力を、その矮小《わいしょう》な体に教え込んでやろう。

「それじゃあ、オレもお前を殺すことにするよ、魔人ゾルアーク。お前がこの砦にいた連中にそうしたみたいにな」

そう告げると同時に、オレはゾルアークに向けて殺気を放つ。

奴は一瞬、気圧《けお》されたように僅かに後ろに下がる。

だが、すぐさまその顔に獰猛《どうもう》な笑みを浮かべると、手にした薔薇を握り締めた。

「ふ、ふふふっ。これは良い、実に良い殺気ですね！　面白い！　魔人たる私を傷つけられる人間がいるかどうか、この場で試してあげましょう！」

その宣言とともに、ゾルアークは翼を広げ、音を置き去りにする速度で移動を開始する。

常人であれば、何が起こったか分からないまま首をはねられてしまうだろう。

事実、ゾルアークはオレではなく背後で呆然としている転移者の男を狙ってきた。

舐められたものだ。〝オレ〟より先に、生き残った獲物を殺そうということか？

〝誰〟を相手にそんな真似をしているのか分かっていないようだな。

オレは即座に『龍鱗化』によって両手を竜の鱗と同じ硬さにして、ゾルアークの一撃を受け止める。

「ほう、私の初撃を防御した相手は、あなたが初めてですよ」

「そうかよ。こっちはノロすぎて、あくびが出たぜ」

オレがゾルアークの一撃を受け止めたのと同時に、すぐ傍にいたイストが転移者の男の首根っこを掴んだ。彼女はそのまま浮遊魔術によって後方へ下がり、結界を張る。

すまない、イスト。そして、助かる。

彼女も今の一撃で魔人の強さが分かったのだろう。防御に徹し、自分と男を守るつもりだ。

正直、そうしてくれるとオレの方もありがたい。これで遠慮なく全力が出せるというもの。

「っおらっ！」

「——ぐうぅっ!?」

片方の腕で攻撃を防ぎながら、もう片方の腕でゾルアークの体を吹き飛ばす。

さすがに竜の腕でぶん殴られてダメージを受けたのか、奴は苦悶《くもん》の表情を浮かべたまま脇腹を押さえる。

「ふ、ふふふ、やりますね。これはどうやら私も楽しめそうですね」

「どうかな。そっちが楽しめても、オレは楽しめないかもな。この程度じゃ」

「なに？」

オレの挑発に明らかに顔を歪めるゾルアーク。

だが、それが事実であると、奴もすぐに理解するだろう。

「まあ、こっちもできるだけ楽しめるように配慮してやるよ。来な、魔人」

「あまり舐めた口を叩くなよ……人間ッ！」

そう言って、ゾルアークは先程の倍の速度で突撃してくる。

オレは即座に反応し、迎撃準備を行う。

「スキル『武具作製』！」

それは以前、街のゴミ捨て場で手に入れたスキル。

あの時はロングソードとか、普通の剣しか創造できなかったのだが……この時、オレの手によって生み出された武器を見て、目の前の魔人は驚愕する。

いや、後ろで観戦していたイスト達すらも驚きに息を呑むのが分かった。なぜなら……

「なっ⁉」

「ば、バカな、その剣は――！」

そう、今オレの手によって生み出された武器は――聖剣エーヴァンテイン。

あの英雄貴族ヴァナディッシュ家が保管していた、この世に二つとない聖剣であり、かつて勇者が使っていたとされる伝説の武器だ。

ありえない武器の出現に凍りつくゾルアークの腕を、オレの聖剣による一撃があっさりと両断する。

「ぐ、ぐぎゃあああああああああああああ‼」

あれ、魔人ってこの程度なの？

思いのほかあっさりと斬れたので、むしろオレの方が驚く。

これならノーライフキングの方が圧倒的に強かったし、なんだったらプラチナスライムの方がもっと手強《てごわ》い印象だ。

一方、片腕を失ったゾルアークは、明らかに動揺した様子で後ろに下がる。

「な、なんだ貴様！　どういうことだ!?　それはかつて魔王ガルナザークを討った伝説の勇者の聖剣ではないか！　なぜそれを貴様が持っている!?」

「おっ、やっぱ知っていたのか。聖剣の知名度って結構あるのな」

「答えろ！　貴様、まさかあの英雄貴族ヴァナディッシュ家の人間か!?」

「いいや、違うよ。これはオレが作った武器だ」

「は？　せ、聖剣を作っただと……？」

ゾルアークは呆気に取られたような表情を見せ、ついで怒りを込めて叫ぶ。

「ふざけるな！　人間が聖剣を作れるものか！　デタラメを言って私を惑《まど》わそうとしても、そうはいかんぞ！」

「いや、別にここで嘘言う必要とか特にないんだけど」

「黙れ！　確かに聖剣による攻撃は驚異だが、要はそれのみに注意を払えばいいだけのことよ！　ははははっ！　しくじったな、人間！　いかに聖剣が強力とはいっても、距離をとって戦えば恐れるに値《あたい》しない！　切り札を出すのなら必殺の瞬間にこそ出すべきだったな！」

そう言って大きく距離を空けるゾルアーク。

次いで、奴の周囲に何やら漆黒の炎がいくつも生じ、燃え盛《さか》る。

「ふはははは！　見るがいい！　これこそが影すら残さず全てを焼き払い、呑み込む闇魔法

『シャドウフレア』だ！　貴様のような人間は見たこともない上位魔法であろう！　光栄に思うがいい、この漆黒の炎により、影すら残さず消え去れるのだからな！」

あー、えー、うん、その……それ、もうここ最近何度も見てきて、逆に飽きてきてます。というか、皆使ってるんで、もう普通の魔法感覚になっています。

そんなオレの呆れた表情に気づいていないのか、ゾルアークは高笑いを上げながら『シャドウフレア』を放つ。

いくつもの漆黒の炎が向かってくるが、ハッキリ言ってこの前ノーライフキングが使ってきた『シャドウフレア』の方が威力、熱量共に段違いでした。やっぱ、こいつじゃガルナザークには遠く及ばないわ。

「『魔法吸収』」

というわけで、ゾルアークの放った『シャドウフレア』はオレの『魔法吸収』で美味しく頂きました。

「なっ!?　バ、バカな！　わ、私の究極魔法が！」

当のゾルアークは驚いているが、もう『シャドウフレア』は時代後れ、今や普通の魔法攻撃なんだよ。諦めたまえ。

「くっ、だが貴様とて所詮その聖剣頼みの近接攻撃がせいぜい！　そんなもの当たりっこないわ……！」

と、奴はまだ負け惜しみを言ってくる。

仕方がないので、彼には本当の絶望というのを見せてやることにした。

「確かに、オレにはこの聖剣しか攻撃手段がないわな」

「そうだ！　いくら強くても聖剣頼みのお前なぞ――！」

「それじゃあ、物量でいかせてもらうわ」

「……なに？」

「スキル『武具作製』」

その宣言と同時に、オレの背後の空間に百本近い武器が生成される。無論、その全てが紛う事なき本物の聖剣エーヴァンテインだ。

いやー、この光景をヴァナディッシュ家の人が見たら卒倒《そっとう》するかもな。というか、後でオレが造った聖剣を一本返しておこう。

一方でオレの背後に生まれた無数の聖剣を目の当たりにした魔人ゾルアークは、明らかに困惑した様子で後ろに下がっていた。

「なっ……バ、バ、バカな!?　こ、こんなことが……!?」

「それじゃあ、聖剣しか能のないオレは、この聖剣でお前を攻撃するわ。魔人ゾルアークさん」

「!?　ま、待て!!」

ゾルアークは慌てた様子で叫ぶが、待たない。

「お前はそうやって待てと言った相手に待ったか？」

「……ッ！」

奴はオレの質問に答えられず、顔を青くする。

つまりはそういうこと。

オレは背後に生まれた無数の聖剣を全て、ゾルアーク目掛けて飛ばす。

一斉に飛来する聖剣はゾルアークの体を次々と抉り、突き刺し、両断し、滅多刺しにしていく。

絶叫を上げながら聖剣の嵐に呑まれた魔人ゾルアークは、やがて細胞の一つすら残さず完全に消え去った。

「ふぅー。まあ、こんなものか」

ゾルアークの体が消滅したのを確認し、オレは一息ついた。

一方で、結界の中で魔人との戦いを観戦していた転移者の男は、唖然とした様子で呟く。

「お、終わったんっすか……？　こ、こんなにあっさり……？」

イストは特に驚きもせずに〝お疲れ様〟とオレの肩を叩く。

「とりあえず、これで王様の依頼は完了だな。念のため、今から砦に残った魔物を掃討《そうとう》するけれど、君もついてくるか？」

「え？　あ、ああ、そうっすね……多分アンタの傍にいるのが一番安全みたいっすから……」

男は未だ信じられない様子だが、頷いてオレの傍に来る。

まあ、無理もない。役立たずとして城から追い出された奴が城に残った連中よりもチートになるなんて、誰も予想できないわな。

それはそうと、一緒に転移した彼らの死体をこのまま置き去りにするわけにはいかない。せめてちゃんと埋葬してあげないとな……などと考えた瞬間であった。

「――お待ちください！」

「ん？」

突然、扉の方から声が聞こえた。

見ると、そこには体長二メートルを超す巨大なトカゲの魔物が立っていた。

これはリザードマンというやつだろうか？

「リザードマンじゃな。この砦を占拠している魔物の一人か」

そう言ってイストが杖を構えるが、それを見たリザードマンが慌てた様子で両手を上げる。

「お待ちください！　戦う気はありません」

「え？」

そう宣言し、リザードマンは突然その場に跪《ひざまず》く。

な、なんだ、どうしたんだ？

困惑するオレに、頭を下げたままの姿勢でリザードマンが告げる。

「先程のあなた様の戦い、拝見させていただきました。いえ、それ以前よりあなた様より漂う気配。

その真偽を確かめるべく様子を見させていただいていましたが、今確信いたしました。あなた様こそ我らの王です」

「は？」

「なんじゃと？」

一体何を言い出すのかと、オレだけでなくイストも驚きでぽかんとする。

「王って、それってどういう意味だよ？」

そう問いかけると、リザードマンは驚くべき答えを口にする。

「決まっております。あなた様こそ我ら魔物を統《す》べる正統なる王、魔王ガルナザーク様の魂を受け継ぎしお方です」

「うえっ⁉」

オレは思わず間抜けな声を出す。

おいおい……あのノーライフキングの話だろ？

確かに奴の魂は聖剣と一緒にオレの中に取り込まれたけど……今のオレにその魔王ガルナザークの魂を感じるってことなのか？

「いやいや、オレはただの人間、転移者だって！　どこからどう見ても、お前達魔物の王って外見じゃないだろう⁉」

必死に否定するオレの前で、かしこまった姿勢のまま、リザードマンが告げる。

「いえ、姿形《すがたかたち》は関係ありません。あなた様の中に魔王様の魂を感じる。それだけで我ら魔物はあなた様を王として認めるのに十分なのです」

参ったな……オレが魔王だって？　そんな気なんか毛頭ないのに。

異世界に来て、捨てられて、アイテムを使っていただけで魔王にされるなんて、聞いたことないぞ。そもそも、オレにはそんな大役は、無理。この世界を支配したいとか、そういう願望は特に持ってないので。

「魔王様。どうか我らとともに『魔国』へと来てくださいませ！　あなた様こそが、今の魔国を支配する真の王です！　今の連中……あの魔人達による専横《せんおう》を許すわけにはいきません。あなた様さえ戻ってくだされば、魔国の情勢も変化いたします。どうか、どうか！」

「ま、待ってくれよ！　悪いけど、そう言われてもオレは魔王じゃないし、魔王になる気もない。お前達のいる国に行く気なんてないんだ。戦う気がないのなら、そこをどいてくれないか？　そして、ここにいる魔物を連れてどこかに行ってくれ。そうすればオレの仕事も楽になる」

オレがそう告げると、リザードマンは明らかに落胆《らくたん》した表情を見せるが、すぐに納得したのか、静かに頷く。

「分かりました……それがあなた様の意思であれば、我々は従います。この砦に残った魔物達も私の命令ですぐに魔国へ引き揚げるでしょう。これ以上、あなた様の手を我ら下賎《げせん》の者の血で汚すわけにはいきません」

「お、おう」

リザードマンは立ち上がり、背を向けて歩いていく。

マジで帰ってくれるんだ。いやまあ、その方がオレは楽なんだが。

「おい、ちょっと待て」

だが、そんなリザードマンの背にイストが声をかけた。

「お主、こやつこそが自分達の〝真の王〟と言っておったが、ならば今のお主達の王は誰じゃ？」

「……今現在、魔国を支配する事実上の王はいません。いるのはその候補者のみです」

「それは魔人達か？」

イストの問いに、リザードマンが頷く。

「今や我らの国は六魔人達により内乱状態です。誰が新たなる魔王となるか、国盗《くにと》り合戦を行っています。この国への侵攻もその覇権争《はけんあらそ》いの一つです。しかし、我ら魔物も好き好んで争いたいわけではありません。相応しい王がいるのなら、その方に魔国を統治していただきたい。あなた様が魔国に来てくだされば、魔人による争いも終わると期待したのですが……」

リザードマンはオレをじっと見つめる。

そう言われても……それはあくまでそちらの国の事情なわけだし……いや、けど……なぜだろうか、少しだけ気になるというか。

オレがあれこれ悩んでいるうちに、リザードマンは一礼して静かに去った。

「……魔国の内乱か。それが静まれば、あるいはこの世界に平穏が訪れるかもしれぬな」

ボソリとイストが独りごちた。

いや、ひょっとしたらそれはオレに向けた言葉だったのかもしれない。

だが、それを確かめることはなく、オレ達は生き残った転移者の男の手を借り、砦内で死亡した者達の弔《とむら》いをするのだった。

◇　◇　◇

「おお、ユウキ殿！　よくぞザラカス砦を取り戻してくれた！　さすがは真の英雄、勇者様！　いやあ、他の転移者達とは一味違いますな！　儂は信じておりましたぞ！　あの中で真に勇者の輝きを持っていたのはあなた様であったと！」

城に戻ると、王様はそんな歓迎の挨拶でオレを迎え入れた。

相変わらずこの国の王様は調子の良い言葉を並べて、周囲の者達と一緒にオレのことを讃《たた》え、おだててくる。

「いいや、別にオレは善意でやったわけじゃないですから。この国に魔物が押し寄せたら困りますし、それに報酬もちゃんといただくつもりで――」

「分かっております！　分かっております！　ささ、こちらが報奨金です！　それだけでなく、我

ばせる。

が国に伝わる宝も用意しておりますぞ！」

そう言って王様は兵士達に大量の金貨が入った袋や、特殊な魔力が施された武器、防具などを運ばせる。

ううむ。オレを追い出した時もそうだったが、この王様、こういうところはきちんと用意してくれるよな。そこは割と評価してもいいと思う。

「さあさ、どうぞどうぞ！　ユウキ殿がこの城にいてくれれば我らも安泰《あんたい》！　もはや魔物の軍勢も魔人も恐れる必要などありません！」

その王様の言葉に、重臣達が追従する。

「まったくですな。さすがはあのノーライフキングを倒した英雄殿ですぞ」

「それに比べて、他の転移者達は役立たずもいいところですな」

「あれほど我らが援助してやったというのに、魔人の一人も倒せずに全滅とは」

「そういえば、魔人の襲来に怯えて砦の中に隠れて生き残った臆病者《おくびょうもの》がいるそうですな。そやつには敵前逃亡と砦を奪われた罪を償《つぐな》わせるのはどうですかな、陛下」

家臣の一人が、オレの後ろに隠れる転移者の男をつるし上げる。

そんな周囲の蔑《さげす》みを受け、男の体は震え、今や顔面は蒼白《そうはく》だ。おそらく自分だけ生き残ってしまったことへの罪悪感や、それによって与えられる罰、あるいは役立たずとして捨てられる恐怖におびえているのだろう。

しかし、王はそんな男には目もくれず、オレへの賛辞《さんじ》を続ける。

「まあまあ、よいではないか。そのような者など放っておきなさい。それよりもユウキ殿！　実は貴殿のために祝勝パーティを用意しておるのです！　ぜひこの後出席していただけませんかな？　無論、これからは食事も宿泊も我ら王国が手配いたします！　なんでしたら、我が国選《よ》りすぐりの美女も揃えておりますぞ？　ユウキ殿もパーティの後は好きな美女達を自由にお持ち帰りして――」

「あー、すみませんが、オレは不参加で」

誘いをキッパリと拒絶すると、王は一瞬目を瞬《しばた》かせる。

「え？　そ、そうですか。ま、まあそうですね。ユウキ殿もお疲れでしょう。それではこのまま城の部屋へと案内――」

「いいえ、結構です。オレには帰るべき場所があるんで。じゃあ行こうか、イスト」

「そうじゃな」

「え!?　ちょ、お、お待ちください！　どこへ行くのです!?」

歩き出すオレ達を、王は慌てて引き止める。

「どこって、森にある古城ですよ。そこがオレの居場所なんで」

「なっ!?　あ、あのような辺鄙《へんぴ》な場所にですか!?　ユ、ユウキ殿！　貴殿は魔人を倒した立役者ですぞ！　今なら城の者達が――いや、王国中の民もあなた様を英雄として迎えてくれますぞ！　そのような場所に住まずとも、この城で暮らした方が遥かに便利で豊かな暮らしを――」

「かもしれませんね。けれど、どこに住むかは自分で決めます。それに、オレは別にこの国に認められたくて魔人を倒したわけじゃありませんから」

「お、お待ちください！　ユウキ様！　我々にはあなた様が必要なのです！　報奨金ならばあなた様が望むだけお渡しします！　それに女も食事も、ここでは全てが望むがままですぞ！　ひょ、ひょっとして最初に追い出したことを根に持っているのですか？　あ、あれは言った通りユウキ様を信じて送り出しただけであって……！」

そう言って、しつこくオレを引き止めようとする王。

まあ、この人からすればそれも当然か。

頼みの綱としていた転移者達はほぼ全滅し、次に魔人が攻めてきたら打つ手はない。

だから代わりにオレを傍に置きたい。気持ちは分かるが、そんな理由で城に縛《しば》られるのはごめんだ。

「要は、また魔人がここへ攻めてきた時の保険が欲しいんでしょう？　それでオレをこの城に留め置きたい。正直にそう言っていいんですよ」

「うっ、べ、別に儂達はそういうつもりでは……！」

「なら、安心してください。依頼という形でなら、魔人退治も引き受けますから。なので、もう行っていいですか？　この城の空気はオレには合わないと思うので」

「うぐぐ……」

今のオレには自由な生活があり、イストやファナ、ブラックといった仲間もいる。彼らとともにこの異世界でのんびり、穏やかに暮らしていければそれで十分なのだから。

オレがさっさと移動しようとすると、王の隣にいた臣下達が何やら相談を始めた。

「陛下、こうなってはあの生き残った転移者を利用するしかないのでは？」

「役立たずとはいえ、あれもまだ使い道がありましょう」

「ううむ、そうじゃな……」

はあ……これを聞いてしまった以上は仕方がない。お節介かもしれないが、最後まで面倒を見るか。

オレは取り残された転生者の男に声をかける。

「えーと、そこの君、そういえば名前はなんて言ったっけ？」

「え？　オレっすか？　品川《しなかわ》裕次郎《ゆうじろう》っす」

「裕次郎か。どうする？　よかったらオレ達と一緒に来るか？」

「え？」

オレのその問いに、裕次郎だけでなく王様や臣下達が息を呑んだ。

「え、で、でもオレ……ユウキさんに命を救われたのに、これ以上迷惑かけるなんて……」

「オレは別に構わないよ。あ、でもこの場合、イストの許可がいるか」

そう思ってイストの方を見ると、彼女はいつものように呆れた顔を浮かべながら〝好きにして良いぞ〟と呟く。

「ということらしい。このまま城に残るか、それともオレ達と一緒に来るか。君の選択に任せるよ、裕次郎」

「あっ……」

そう言われて、裕次郎はオレと王様の周囲にいる臣下達を見比べた。

やがて彼は、何かを決心したようにオレの傍に駆け寄る。

「お、オレ！　ユウキさんの傍にいたいっす！　何ができるかは分からないっすけれど、オレ、助けられた恩を返したいっす！　それでいつかはユウキさんみたいに強くなりたいっす！」

「そうか。なら、決まりだ」

オレは裕次郎も一緒に『空間転移』しようとするが、王の周りにいた臣下達が口々に叫んで、オレを引き留める。

「お待ちいただきたい！　その転移者は我々が身柄を保護した者ですぞ！」

「そうだ！　それにその者には我々も様々な援助をした！　にもかかわらず、あの体《てい》たらく！　それについて何らかの責任の追及をする必要がある！」

「裕次郎！　貴様一人生き残って恥ずかしくないのか!?　他の転移者の分まで我らに奉仕《ほうし》するのが義務だろう！」

好き勝手に言う連中を、オレは思わず一喝する。

「こいつの——いや、転移者達ができなかった魔人退治は、オレが果たした。これ以上、何をさせるんだ？　責任というなら、最初にオレにしたのと同じように追放でいいだろう。そもそも魔人の強さを侮って、未熟だった転移者を送り込んだアンタ達にも責任がある。こいつが生き残ったからってだけの理由で、使い捨ての駒《こま》にしようとするのは勝手がすぎるぞ⁉」

「……ひぃ！」

今までのオレなら所詮は他人事だと思って関わらずにいただろうが、こいつらのあまりに身勝手なセリフを聞いて憤《いきどお》りを感じた。

それは日常を離れ、この異世界に来たことでオレの感情に変化が生じたせいであろうか。

あるいは、オレの中に取り込まれた何かの意思が、オレに忘れていた感情を呼び起こさせたのか、真実は分からない。

だが、自分達で勝手に召喚しておきながら、結果を残せなかったからと、それを口汚く罵倒し、あまつさえその者の尊厳を奪うとは、一体何様だ。その身勝手さに怒りを覚えるのは当然だ。

オレが明確な敵意を飛ばすと、それに当てられた臣下達が恐怖におののき、尻餅を突く。

それらを見ていた王も一歩後ろに下がるが、やがて何かに納得したように静かにため息をこぼした。

「……確かにユウキ殿の言う通りじゃ。我々は転移者が持つ力やチートスキルなどの力を過信するあまり、彼らの力を引き伸ばすことをせず、調子に乗らせ、踊らせてしまった。思えば、五百年前の召喚の儀より、我らは転移者に頼りきっていたのかもしれない。砦での全滅は、儂らの軽率さが招いた結果なのだろうな」

臣下の連中も心当たりがあるのか、皆押し黙っている。

しばしの沈黙の後、王は裕次郎へと告げる。

「とはいえ、裕次郎よ。戦わず逃げたお主にも多少の責任はある。よって……この城より追放する。これからはユウキ殿の傍でお主の力を伸ばすがいい」

追放とは言ったものの、ある意味では自由を与えるという宣言でもあった。それを裕次郎も感じ取ったのか、静かに頷く。

「王様……」

そうして、オレは二人を伴って古城へと転移したのだった。

◇　◇　◇

「ふうー、今日は随分色々あったな」

「そうじゃな。王に呼び出され、いきなり魔人退治。とはいえ、半日でやり遂げるお主もどうかと思うぞ」

古城へ戻ってすぐ、オレとイストは苦笑し合った。

それを見ていた裕次郎が、申し訳なさそうに言う。

「あ、あの、本当に良かったんっすか……オレみたいなのを引き取って……？」

「別にいいって。それに、捨てられた転移者同士だし、君さえよければ一緒に暮らそうぜ」

「は、はい！　こちらこそ、ぜひお願いするっす！　オレもユウキさんみたいに強くなりたいっす！」

そう言って元気よく頭を下げる裕次郎。

隣ではイストが〝また賑やかになるのぉ〟とつぶやいている。

「とりあえず、挨拶はそれくらいにして城の中に入るぞ」

「そうだな。そろそろ夕飯の時間だし、ファナも待っているだろうからな」

オレとイストが城の中へ入ろうとした瞬間であった。

「――主様！」

城の扉を勢いよく開けて、慌てた様子でブラックが現れた。

「ブラックじゃないか。一体どうしたんだ？」

こいつがこんなに慌てる姿は珍しい。不思議に思っていると、彼の口からとんでもないセリフが飛び出す。

「大変なんです！　ファナが……ファナの体に異変が！」

「なっ⁉」

「なんじゃと⁉」

それを聞いたオレはいても立ってもいられず、すぐさまファナの部屋へと駆け込む。

「ファナ⁉」

「……あっ……パパ……無事で、よかった……」

扉を開けて部屋に入ると、そこにはベッドに横たわるファナの姿があった。

オレを見て笑いかけるが、明らかに衰弱《すいじゃく》しており、笑顔も弱々しかった。

「一体何があったんだ⁉」

慌てるオレはすぐ傍にいたブラックに問いかける。

「それが……分からないのです。主様が出かけた後、急に容態が悪くなり、薬を与えたり回復魔法をかけたりしたのですが、全く効果がなく、この様子のまま……」

なんだって？　それじゃあ、何か特別な病《やまい》なのか？

慌てるオレを横目に、イストが落ち着いた様子のままファナに近づく。

「ここは儂に任せておけ、ユウキよ。ファナ、お主の体を少し調べさせてもらうぞ」

そう言ってイストはファナに対し、スキル『解析』を使う。

そうだ。このスキルがあった。これでファナがどんな症状でも、イストが治してくれる！　そう期待したものの……

「ッ⁉」

突然、弾かれたようにイストが後ろに下がった。

「どうしたんだ、イスト⁉」

見ると何やら顔面蒼白で顔を押さえている。こんなイストの表情は初めて見た。

彼女は信じられないといった様子のまま呟く。

「……これは……どういうことじゃ……なぜこんな……ありえぬぞ……」

「どうしたんだ、イスト！　何か分かったのか⁉」

「いや、そうではない……分からないのじゃ……」

「えっ？」

どういうことかと戸惑うオレに、イストはファナの髪で覆われた部分――虚ろな穴がある右目を差す。

「ファナのその右目。儂の『解析』をもってしても何も分からぬ。いや、まるでそこだけがファナの体から切り離されたように、存在しない。別の空間、世界、あるいは無――そうした、人体とは異なる何かが埋め込まれているようじゃ。そして『解析』の結果、ファナの体に異常はない。にもかかわらず彼女の生命力は低下し、命の危機に瀕《ひん》している。分からない……どういうことなのじゃ……」

「そんな……！」

頼みの綱であったイストの宣言に、オレは愕然《がくぜん》とする。

ファナが弱っている原因は何も分からないと？　いや、イストの言葉を整理すれば、おそらく右目に空いたあの虚無《きょむ》の穴がファナの体に何らかの影響を与えているみたいではある。

だが、それがなんなのかが分からない。

そもそも、普段からファナにどのような影響を及ぼしているのか。そして、なぜ今になってこのような影響が出たのか。その全てが謎で、解決策も不明。

打つ手なしの状況に、オレは思わず拳を握り、唇を噛む。

そんなオレの顔を見たファナが、握り締めた拳にそっと手を伸ばす。

「……パパ……怖い顔、しないで……私は……大丈夫……パパが心配しなくても、いいから……」

「……ファナ」

そう言って苦しいはずなのに笑顔を見せるファナ。

その微笑に、オレは胸が締め付けられる。ただファナの手を必死に握り締めることしかできなかった。


自室に戻ったオレは、一人頭を抱え悩んでいた。

「ちくしょう……どうすれば……」

イストが持つ薬、魔法をもってしてもファナの症状は良くならなかった。

やはり彼女のあの右目が何らかの影響を与えているに違いない。あるいは、この世界の環境と合わさることで、今のような状態になっているのか？

いずれにしても、イストですら解析できないファナの右目をどうこうできる手段などあるはずはない。

イストいわく、あの穴は単なる目とは異なり、肉体だけでなく魂的な部分で融合《ゆうごう》しており、普通の方法での切除は不可能なのだそうだ。

つまり、現状打てる手はない。

こんなことがあっていいのか……！

ファナがこの世界に来て、まだ僅かな日数しか経っていない。最初はこの世界に呼び寄せてしまった贖罪《しょくざい》と同情の感情、それに彼女に過去の自分を重ねたことで保護した。しかしこの城で一緒に暮らして、オレやイストのために懸命に奉仕しようとする姿や、街で見せる年相応の子供のようなはしゃぎ方に何度も癒された。

そんなファナの姿を見て、大事に思わないはずがない。

一緒に過ごした時間の長さなんて関係ない。今ではファナは、オレにとって大切な娘だ。

あの子の笑顔がとても好きだ。

あの子が笑ってくれると、とても癒される。

あの子が傍にいれば、オレはこの世界でもやっていける気がした。

そんなファナが今、命の危機にある。

それもオレがあの子をこの世界に呼び出したせいかもしれない。

今まで奴隷として暮らし、ようやく自由を得たであろうに……それを謳歌《おうか》できず、このまま人生を終えるのか？

いいや、それだけは絶対にさせない！

たとえ今は手段がなくても、なんとしてもファナを救ってみせる。

そう強く願い、拳を握り締めた瞬間であった。

『くくくっ、魔人を倒す猛者とはいえ、存外心の内は脆《もろ》いな。今の貴様なら楽に内部から侵食できそうだぞ？』

「!?　誰だ!?」

突然聞こえた声に驚き、立ち上がる。

だが、声の主はどこにもいない。

いや、そもそも今の声は本当に〝音〟としてオレの耳に入ったものだったのか？

『どこを見ている。我はここに――貴様の内にいるぞ』

「！　お前は――」

自分の中で囁く存在を自覚した瞬間、オレの意識はブラックアウトする。

しばらくして……瞼を開けると、真っ暗な闇の中に佇《たたず》む一人の男と対面した。

それを男と呼んでいいのかは分からない。

全身を黒いローブで包んだ、顔のない誰か。

虚ろな闇の仮面をかぶった怪物——不死王、ノーライフキングであった。

『こうして話すのは久しぶりだな。ユウキよ』

「……ノーライフキング。やっぱりまだ生きていたのか」

『当然よ。しかし生きているという表現はいささか奇妙だな。言ったように、我はすでに死した魂。それが貴様と同化し、この世界にまだかろうじて存在している。だが、そう考えるならば、私の命は貴様の命でもあり、ある意味私は貴様として生きているとも言えるな』

「随分と饒舌《じょうぜつ》だな。悪いが今はそんな屁理屈を聞く暇はない」

くつくつと面白そうに笑う不死王。

だが、オレはそんな奴の笑いに流されることなく、その一挙手一投足《いっきょしゅいっとうそく》を見逃すまいと気を張る。

「で、何の用だ？」

『つれぬ態度だな。貴様が困っている様子だから助けてやろうと思ったのだが』

「お前に助けられる義理なんてないだろう。それに、お前に何ができ——」

オレの言葉を遮り、ノーライフキングは何やら意味深な言葉を述べる。

『〝虚ろの侵食〟は、だいぶ進んでいる様子だな。まあ、無理もない。あのような呪いを小娘一人に背負わせるとは、なんと残酷か……あれを与えた者はよほどの悪魔であろう』

「⁉　今、なんて言った……？」

こいつ、まさか……ファナの症状の原因を知っている？

いや、それよりも、虚ろの侵食と言ったな。それはファナのあの右目のことか？

『ん？　聞いていなかったのか？　あのまま放っておけば娘は死ぬぞ。いや、それだけで済めばいいがな、あれが』

「どういう意味だ⁉　お前はファナのことを知っているのか⁉」

『あの娘個人は知らぬ。だが、奴の右目に宿ったものなら知っているさ』

ノーライフキングはさも当然といった様子で答えた。

そういえば、前にこいつがファナを目にした時、目の色を変えて彼女に襲いかかっていた。

それはつまりファナ本人ではなく、ファナの右目に宿った〝虚ろ〟とやらを恐れて？

だとすれば、こいつはもしかして対処法も知っているのか？

『ああ、知っているぞ』

「⁉」

口に出すまでもなくオレの考えを読み取り、ノーライフキングは答える。

『当然だろう。ここは貴様の精神世界だからな。考えていることは我にも伝わる』

「……そうか。なら単刀直入に聞く。どうすればファナを救える？　答えろ、ノーライフキング」

オレが告げた質問に、ノーライフキングは沈黙で返す。

表情こそ変わらないが、おそらくあの虚ろな顔の奥でオレを笑っているのだろう。

最悪、オレの体をよこせば代わりに情報を渡すなどと条件を突きつけてくるかもしれない。

もしそうなれば、オレは迷うことなくこいつに体を明け渡してでも、ファナを救う道を選ぶだろう。

そうオレが覚悟した瞬間であった。

『魔国を目指せ』

「……何？」

『かつて我が魔王として支配していた国、魔国。そこに〝虚ろ〟に関する情報がある。あの娘を救う手段があるとすれば、それは魔国のみだ』

魔国……魔物がいる国。

今や魔人達が支配権を巡《めぐ》って争っているその場所に行けと？

だが、なぜそれをオレに告げる。

『ふふ、不思議か？　我がこのような絶好の好機を利用して、貴様に交渉を迫らなかったことが？』

「…………」

『まあ、我にも色々と都合というものがある。今はこのままで構わぬ。それにどの道、これで貴様は魔国に行くしかなくなった。それは我の目的にも沿うのでな』

「お前の目的はなんだ？」

『さあな、それを言ってはつまらぬだろう。いずれにせよ、急ぐことだ。あの娘を連れて魔国へ行け。全てはそこから始まる』

そう告げた瞬間、ノーライフキングは周囲の闇に溶け込むように消えていった。

そしてオレもまた静かに目を開く。

不思議と先程までの怒りや焦りはなくなっていた。

あるのはただ一つの決心のみ。

奴が嘘を言っている可能性はある。オレを謀《たばか》っている可能性もある。

だが、不思議と奴の言葉が真実だと感じられた。

それはオレの精神世界で魂同士で対面したからか。

いずれにしろ、オレがとるべき道は決まった。

「魔国」

オレはその名を呟き、静かに拳を握る。

◇　◇　◇

——深夜。

オレは一人、ファナの部屋に入る。

彼女は眠ってはいたものの、額には脂汗《あぶらあせ》が浮かんでいて、時折苦しそうに呻き声を上げていた。

とてもではないが、快眠とは言えない。

オレはそんなファナの額の汗を拭《ぬぐ》いながら、静かに頭を撫でる。とその時……

「……パパ……？」

ふと、ファナの目が開いた。

片方は夕暮れ前の太陽よりも美しい金色の瞳、そして、もう片方は底の見えない虚ろな穴。

彼女はオレの顔をじっと見つめる。

「ファナ。ごめんな、起こしちゃったかな？」

「ううん……大丈夫……それよりも、どうしたの……？」

心配をかけまいと必死に笑みを浮かべるファナに、オレもまた笑顔を返す。

「ああ、実はファナを助けられるかもしれないんだ。これからその場所に行きたい。ファナはここから移動しても大丈夫か？」

ファナはしばらく考え込むように瞳を閉じた後、静かに頷いた。

「……うん、大丈夫。私、パパが一緒ならどんな場所でも行くよ……」

「そうか、ありがとう……」

そう言って力なく笑うファナの手を握り、オレはまた静かに頭を撫でる。

「その場所まではちょっと遠いんだ。だから、もうしばらく眠っていてもらえるかな？」

「……うん、分かった……」

そう言って素直に瞳を閉じるファナだが、その手はしっかりとオレの手を握っていた。

「……パパ……起きた時もちゃんと……傍に、いてね……」

「ああ、大丈夫だ。傍にいるよ、約束だ」

オレの手を握り締めたまま、彼女は気を失うように眠りにつく。

オレはそんなファナを抱え、静かに部屋を出る。

扉の外にはイスト、ブラック、裕次郎の三人が待機していた。

「イスト、ブラック、裕次郎」

彼らの名を呼ぶと、三人は真剣な表情で頷く。

すでにイスト達には事情を話してあった。

オレが精神世界で魔王ガルナザークと話したこと。

その会話によってファナを蝕《むしば》む〝虚ろ〟をなんとかする手がかりが魔国にあると知ったこと。

そして、その魔国を目指すことを。

「本当に行くのじゃな？」

「ああ」

「お主、魔国がどういう場所か知っているのか？」

「さあな、詳しくは知らない」

オレがそう答えると、イストはいつもの呆れたような表情を浮かべながら説明する。

「魔国とはその名の通り、魔物によって統一された世界。そこに住むのも全て魔物。そして、奴らの法はただ一つ、弱肉強食じゃ。そのような危険な場所に、本当に向かうつもりなのじゃな？　まして今や魔国は魔人による覇権争いの真っ只中というではないか。いくらお主の力が桁外れでも、魔国に入って無事に済むとは思えぬぞ」

「かもしれないな」

「……それでも行くのじゃな」

「ああ」

オレははっきりと答えた。

オレにとってファナはもう、かけがえのない家族だ。

その彼女を救えるのなら魔国だろうと地獄だろうと、どこへでも行くさ。

そんなオレの決心を感じ取り、イストは静かに頷く。

「分かった。では儂らも同行しよう」

「いや、それはさすがに……イスト達を巻き込むわけには……」

「馬鹿者。ここまで来て何を言っておる。それに、お主にとってファナが大事な存在であるように、儂にとってもそやつは今や家族の一人じゃ。お主一人に任せてはおれん」

そう言って笑うイストに続き、ブラックも決意を述べる。

「主様。私は主様と主従の誓いを交わした者です。主様が向かわれるのなら、たとえどのような場所でもお供いたします」

「そういうことっすよ！　オレはまだユウキさんに出会ったばかりなんで、そんな家族とかは言えないっすけど、それでもその子――ファナちゃんを助けるために行くんでしょう？　なら、オレも一緒に行きます！　小さい女の子を助けるのは人として当然っす！　何よりも、恩人であるユウキさんの手伝いを、少しでもしたいんっす！」

「皆……」

そう言ってなんの迷いもない笑顔を向ける三人を見て、オレは彼らの意志を受け取ることにした。

「分かった。それじゃあ、これからもよろしく頼む」

「当然じゃな。旅の間のサポートは任せておけ。保存食もしこたま用意してある」

「え、それってもしかして例の魔法食？」

「当然じゃ。あれほど旅の食事に合理的なものはあるまい。『収納袋』に一年分と言わず十年分入れておいた。他にも水とか、色々入れてあるから任せておけ。ちなみに、この収納袋は儂お手製じゃから、普通の十倍以上の荷物は余裕で入るぞ」

「へえー、そりゃ頼もしいな。さすがはイスト」

「その魔法食ってなんすか？　オレ、すっげー興味あるっす！」

何も知らない裕次郎が食いついてくる。

「お、そういえば裕次郎はまだ食べたことなかったのか。では、あとで一つ進呈してやろう」

そう言って和気あいあいと話し出すオレ達。

これから向かう先が、魔国——魔物蠢く地であろうとも関係なかった。

たとえどのような障害があっても、オレ達はそれを乗り越え、ファナを救う手段を見つける。

魔国。そして、その地を支配する魔人達。

ファナを救う旅は今まで以上に苛烈《かれつ》で困難を極めるかもしれない。

だがそれでも、イスト達が傍にいるのなら、そんな過酷な旅もいつものマイペースで乗り切れるかもしれない。

そう思いながら、オレは三人に宣言する。

「それじゃあ、行こう！　ファナを救うため、魔国へ！」

『おおー!!』

皆の掛け声と共に、オレ達の物語はここから本当の始まりを迎えるのだった。

第五使用▽魔人リリム

あれからオレ達は王国領を抜け、魔国を目指して旅を始めた。

もちろん、出発する前に、それまで王国でお世話になった人達への挨拶は済ませてきた。

ギルドの受付のお姉さんに、冒険者のグラハム達や馴染《なじ》みの店主達、街で時折挨拶をしてくれるおじいさんやおばあさん達などなど。そして忘れてはいけないのが、英雄貴族ヴァナディッシュ家のエドワードさんとメアリーだ。

彼女達にはオレが聖剣エーヴァンテインを『アイテム使用』で勝手に吸収したことへのお詫びとして『武具作製』で作り出した新しいエーヴァンテインを進呈した。

最初にそれを受け取った際のエドワードさん達はひどく驚いていたが、すぐにオレの説明を受けて納得してくれた。

これで気持ちよく旅立てると思ったものの……

オレが王国を発《た》ち、魔国を目指すと言った瞬間、メアリーがすごい剣幕で反対してきたのだ。

「いくらあなたが強いと言っても、その人数で魔人が支配する魔国を目指すなど、正気の沙汰ではありません！　自殺志願ですか⁉　それともこの国を救い、人類の救世主になるために魔国を目指すとでも言うつもりですか⁉　だとしたら、そのようなヒーロー願望など捨てるべきです！　元々はこの国の王達の手によって望んでもいないのに、この世界に召喚されたのでしょう？　なのに、そんな連中のために戦う必要などありません！　あなたは自分自身のために好きに生きればいいのです！」

オレを心配してくれるその気持ちは、素直に嬉しい。

だが、これはオレが自分自身で決めたことであり、決して王国のためや人々のためではなかった。

オレはオレのためにファナを救う。

そのことをメアリーに告げると、彼女は苦々しい表情ながらも納得したように頷いた。

「必ず……必ず戻ってきてください、ユウキ！　私はずっと待っています！　絶対ですよー‼」

最後に大声でそう叫んで見送ってくれたメアリーに、オレは大きく手を振り、王国を旅立った。

そうしてオレ達は、まず王国領の出口でもあるザラカス砦へと向かい、そこを通り抜けて魔国を目指した。

砦を抜けた先は王国領と魔国領の中間で、いわゆる空白地帯と呼ばれる場所であった。そこはまだ誰も手をつけていない領土であり、それ故に様々な魔物や獣達の棲処《すみか》となっている。

多くの無謀な冒険者が魔国を目指そうとするが、この空白の危険地帯を越えることができず、ほとんどの者が野生の魔物や獣に喰われて消息を絶つという。

とはいえ、オレやイスト、ブラックの実力ならば、この場所にいる魔物程度ならば問題なく突破できる。

足を踏み入れて最初の頃は本能のみで襲いかかってきた魔物や獣が続出したが、今や向こうもオレ達の実力を理解したのか、軽率に襲ってくる獣は減ってきた。とはいえ、時折何かしらの襲撃はあるので気は抜けない。

そんなある日、いつものように襲いかかってきた魔物を仕留めたところで、地面に倒れ込んだ裕次郎がしみじみと呟いた。

「ふぅー、それにしても皆さん、やっぱり強いっすよー……オレなんかじゃ全然手助けにもならないっす……」

「ふむ、確かにな。先程の戦いもお主は逃げ回るばかりで儂らの足しか引っ張っておらなかったな」

「挙句、木の根に引っかかって倒れるなど、無様《ぶざま》を通り越して滑稽《こっけい》だな。貴様、今までどうやって生きてきた？　むしろ、そっちの方が気になるぞ」

イストとブラックにダメ出しされ、裕次郎が泣き言を漏らす。

「二人とも容赦ないっすね……分かってはいたけれど地味に傷つくっす……」

「まあまあ、裕次郎だって頑張ってるんだから、そう言ってやるなよ」

「うう、ユウキさん……」

最近ではこんなやり取りが定番となっている。

「でも、マジでオレ、このままだと皆の役に立てないっす。せめて、オレにも何かできることがあれば……」

しばらくうなだれていた裕次郎であったが、やがて意を決したようにオレの前に進み出て、いきなり土下座を始める。

「ユウキさん！　お願いです！　オレを鍛えてもらえないっすか！」

「え、えええええー⁉」

突然の頼みにオレは思わず叫び声を上げる。

しかし、裕次郎の顔は真剣そのものであった。

「鍛えてって……本気か？　裕次郎」

「本気っす！　むしろ、オレがユウキさんの力になるにはそれしかないと思うっす！　今のままだとオレは皆の足を引っ張ってばかり。だから少しでも強くなって、皆さんに貢献するにはもう修業をするしかないっす！　となれば、ユウキさんに指導してもらって力をつける……これしかないっす！」

ううむ、確かに正論だし、漫画や小説でも弱小キャラが強者に弟子入りして強くなるというのは王道中の王道。

なのだが、オレが指導ねえ……そういうのに一番向いていない気がする。

というか、オレが強くなったきっかけって、主にプラチナスライムを倒して一気にレベルが上がったからだし、アレを倒したやり方だって正攻法ではない反則めいた方法だ。

そんなオレが、こいつを指導できるか自信がない。

ううむと悩んでいるオレだったが……ふと、ファナをおぶったまま明後日の方を眺めていたブラックと目が合った。あ、そうだ。

「なあ、ブラック。よければこいつを指導してやってくれないか？」

「え、わ、私がですか？」

「そうそう、頼むよ。オレの代わりにこいつを鍛えてやってくれないか？」

突然の指名に困惑するブラックだったが、オレが頭を下げると妙にやる気を出しはじめた。

「主様の頼み……分かりました！　そういうことならば、このブラック全身全霊を込めて、ことにあたります！」

そう言って、すぐさま裕次郎の前に仁王立《におうだ》ちする。

「ということで今後、貴様の面倒は私が見ることとなった。私が訓練をする以上、並大抵のことでは終わらせないぞ。主様への献身を果たすためにその身を捧《ささ》げる覚悟はあるか？」

「は、はい！　もちろんっす！　オレも強くなってユウキさんの力になりたいっす！」

「よかろう。ならば、早速訓練に入る。まずは私が『ドラゴンブレス』を放つ。それを受けても平然としていられるほどの防御力を身につけよ」

「……へ？」

そう宣言するや否や、ブラックは背負っていたファナをオレに預け、裕次郎を追い掛けだした。

姿は人間のままだが、口からは炎がほとばしる。

「あちちち！　熱い熱い熱い！　ブラックさん！　マジ熱いっす！　焼ける焼ける！　尻が焼けるっす！」

「たわけ！　この程度で音《ね》を上げてどうする！　主様ならば、涼しい顔をして焼き鳥を食べているぞ！　主様いわく心頭滅却《しんとうめっきゃく》すれば火もまた涼し！　お前もまずはその境地に立て！」

いや、そもそもそんなこと言った覚えはないし、言葉の使い方間違っている――というか、拡大解釈してるよ。

呆れるオレを尻目に、裕次郎とブラックの追いかけっこが続く。

ブラックの方がオレよりも年齢や経験が上だから、こういうの教えるの得意かなーと思ったんだけど……イストに頼んだ方が良かったかな。

そんなことを思いながら隣にいるイストに視線を向ける。彼女は肩を竦《すく》めながら〝……後で僕も裕次郎の特訓に付き合ってやるとしよう〟と、オレの意図を察して応えてくれた。

うん、ブラック一人だと暴走しそうだし、そうしてくれると助かります。

そんなこんなで、オレ達の旅路は予想以上に賑やかだった。

◇　◇　◇

移動を再開したオレ達は、ひたすら道なき道を進んだ。

日が暮れかけたところで、廃屋《はいおく》らしき場所を見つけたので、休憩を取ることにした。

ファナはイストの魔術で容態《ようだい》が少し安定していて、少し離れた場所で寝息を立てており、それをブラックが見守っている。

そんな時、オレはふと思い立って裕次郎に質問した。

「そういや、裕次郎のスキルってなんだ？」

「へっ、オレっすか？」

「そうそう、裕次郎もオレと同じ転移者だから、スキルあるんだろう？」

「あー、まあ、あると言えばあるっすけど……」

なぜだか裕次郎は気まずそうに視線を泳がせている。

「？　なんだ？　もしかして大したことないスキルなのか？」

「いやぁ、その、一応スキルランクはAなんっすけど……」

それを聞き、オレの隣に座っていたイストが食いついてくる。

「Aじゃと⁉　十分すごいスキルではないか⁉　どのようなスキルなんじゃ⁉　早く答えよ！」

うーん、相変わらず彼女はこういう話が好きだなー。

「そのー『通販』ってスキルっす」

「通販？」

「なんじゃそれは？」

オレもイストも互いに頭に〝？〟マークを出す。

「まあ、見てみるのが早いと思うっす」

裕次郎はタブレットでも操作するように目の前の空間に指を滑らせる。

すると、彼の眼前に何やら奇妙な画面が現れた。

「うお⁉　なんじゃこれは！　ステータス画面か⁉」

「いや、違う。この画像って……」

驚くイストであったが、オレはその画面に見覚えがあった。

なぜならそれは、地球にいた頃のオレを含む多くの人間が利用したであろう某大手通販サイト『雨《アメ》ゾーン』のそれだったからだ。

「まあ、見ての通り『通販』っす。ここにある商品を自由に購入できるってのが、オレのスキルっす」

「なるほど、すげえ分かりやすい」

どうやらオレやイストでも操作できるようで、試しに画面をスクロールして見てみる。

食材から武器や防具、魔法道具はおろか馬や家、果ては地球にしかないはずの電化製品まで、様々な商品が売られていた。

これマジかよ⁉　すげえ！　異世界のアイテムだけじゃなく、地球の道具まで購入できるのか⁉　めちゃくちゃ便利っていうか、とんでもないチートじゃねえかよ！　むしろ、オレのスキルよりも便利じゃね？

テンションが上がって〝今すぐ交換しろ！〟と、叫びそうになるが……

「いやー、ただこれ、デメリットもあって……そのー、高いんす……商品……」

「え？」

改めて確認すると、全ての商品につけられた値段が、ほとんどが金貨から始まってる。

たとえば、家一軒で金貨一万枚。電子レンジは金貨十枚から。

その他にも、使えそうな武器や防具、魔法のアイテムなどもあるが、金貨で三桁、四桁ばかり。

あー、これは確かに……この世界に来たばかりの転移者が持っていても使いこなせないっていうか、まず買えないな。

スキル自体はものすごく便利だけど、使い手の財力が伴ってないと、真価発揮できないわ。

「つーか、今までどうしてたんだ？」

「一応、王様から金貨をもらって、強い武器とか防具とか買ったんすけど……その、装備できなくて。仮に装備できても、オレのレベルじゃ、ここにある特別な武器は使いこなせないみたいで……

他の連中は即座に使えるチートスキルとかで強くなったんっすけど、オレはすっかり置いていかれちゃいました。ぶっちゃけ、今じゃこのスキルはコンビニの食事を買うための便利なスキルみたいな感じっす……」

あー、なるほど。それはなんというか、ご愁傷様《しゅうしょうさま》……

確かに、どんなに強い武器や防具が売っていたとしても、それを買うための資金が必要だし、何より買った本人が使いこなせなければ、文字通り宝の持ち腐れ。

とはいえ、このスキルはかなり便利そうな印象だ。というか……

「なあ、裕次郎。これから先、お前のこのスキル、オレにも使わせてくれないか？」

「へ？　それはまあ、別にいいっすけど。でもお金は？」

「ここに腐るほどある」

どっさり。

オレが袋に入った金貨の山を取り出すと、裕次郎は口をあんぐり開けて驚く。

そうなのだ。オレはヴァナディッシュ家を救い、さらに先日王様の依頼を果たしたことで大量の金貨をゲットしている。

その数およそ百万金貨。

あまりに重いので普段はスキルの『アイテムボックス』の中に入れてある。

ぶっちゃけ、大抵のアイテムはこれで買える気がする。

というか、裕次郎のこのスキルはオレが持つ『アイテム使用』とかなり相性が良さそうだ。

なぜなら、この『通販』でアイテムを買って、それをオレが〝使え〟ば、そのアイテムをスキルとして取得できる。しかも、裕次郎のこのスキルなら、世界中のどんなレアアイテムも金さえ出せば購入できる。

『アイテム使用』の唯一の欠点である〝レアなスキルを手に入れるためには、まずそれに対応するレアなアイテムを手に入れなければならない〟という手間を省いてくれる。

いや、これってマジで鬼に金棒じゃね？

オレとこいつのスキル、冗談抜きで赤い糸で結ばれてるくらい相性が良い。

……まあ、こいつと結ばれたくないが。

「おい、ユウキ！　見よ！　聖剣エーヴァンテインまで売っておるぞ、このサイト！」

「マジ!?　……マジだ！　でもたっけえ！　金貨一億枚！　さすが伝説の聖剣！」

この世に一本しかない――なかったはずの――伝説の聖剣まで売ってるとは……マジかよ、この通販。つーか、過去に存在した伝説級のアイテムも買えるのか？　だとすれば、ますますオレのスキルと相性抜群だ！

よし、それなら早速戦力増強のために何か買うか。

そう思い、ページを色々めくっていたところ、ある商品が目に留まった。

「ん、これは……」

それは『賢者の石』と書かれた魔法道具。

伝説のアイテム。錬金術における物質創造の際、それと等価の材料が必要な過程を無視し、必要材料無しに自在な錬成《れんせい》が可能――と、何やらとんでもない説明文が記載されている。

その説明だけでもかなり惹かれるのだが、それ以上にオレが気になったのは値段である。

本来なら一千万金貨と書かれているところが、なぜだか二重線が引かれ百万金貨と表示されている。その上には〝今だけ‼　二十四時間限定！　９０％オフ！〟の文字が躍《おど》る。

「なあ、裕次郎。この二十四時間限定の９０％オフって、何？」

「ああ、たまにあるんっすよ。オレのスキルで一部の商品がそうやって値引きセールされてるの。ただ、その期間を逃すと元の値段に戻るっす。ちなみに、この間は聖剣エーヴァンテインが９０％オフされてたっす」

「マジか。つーか、聖剣が９０％オフって、どんなスキルだよ……」

まあ、とにかくそれならばこの『賢者の石』のセールは今だけか。

百万金貨。今ならオレの手持ちでも購入できる。

本来なら一千万。ここを逃すと買えない。

ううーん。オレは地球でよくやっていたように、セールを前にした通販サイトで唸っている。

どうする、買うか？　だが、これを買うよりももっと値段の安い物を複数買うのが良いのでは？

いいや、そんな細かい買い物よりも、でっかいものを一つ買った方が見返りも大きいはずだ！

何よりも、こいつは本来なら一千万の価値がある！　それが９０％オフのセールの時に出くわしたんだ！　つまり、これは運命！　神がオレに買えと言っているに違いない！

激しく悩むオレだったが……突然、画面に〝あと十分でセールが終了します〟という文字が表示された。それを見た瞬間、オレは即座に決断する。

「うおおおおおおお！　オレはこれを買う！　この賢者の石を買うぞおおおおおおおおおおお！」

雄叫びを上げると同時に、購入ボタンを押す。

すると手持ちの金貨百万が消え、代わりにオレの手の中に光り輝く石が出現した。

お、おおおおお！　これが賢者の石！　これでオレもフルメタルな錬金術師になれるぞー！

「相変わらず大胆な奴じゃな。とはいえ、その選択は悪くはないぞ。賢者の石と言えば、無尽蔵《むじんぞう》の魔力を誇る伝説のマジックアイテム。今では失われた太古の秘宝じゃ。かつて、それを手にした魔術師はあらゆる物質を作り、生命すら創ったとされる。その者の名は、ホーエンハイム。そやつは、石が持つ強大な力でこの世界と異なる世界の門を開いたという伝説も残っておる。その後、ホーエンハイムは賢者の石と共に異世界に渡ったそうじゃ」

イストの講義というかうんちくを話半分に聞き流しつつ、オレは早速賢者の石に『アイテム使用』を行う。

スキル『アイテム使用』により、スキル『万能錬金術』を取得しました。


ほう。普通の錬金術ではなく、万能となな？

何か分からないけど、良いぞ。どれどれ、スキルの説明は？

スキル：万能錬金術（ランク：A＋）
効果：物質創造の際、その必要な材料、エネルギーを無視し、自在な錬金術を可能とする。

きたあああああああああああああああ！

説明めっちゃ簡素だけど、来たこれ！　それも、ただのランクAじゃなくランクA＋！　これは初だ!!

漫画やアニメ、ラノベなどで色々見てきたこともある錬金術を自分が使えるとなると、テンションが上がる。

いやまあ、すでにオレには『武具作製』という対価を無視した錬金術紛いなことができて、聖剣も作れるわけなんだが。

しかし、錬金術となれば、それとはまた少し別。

これはすでにある物質を別のものへと錬成が可能となる。

石を黄金に、汚水を真水に、さらには聖剣を別の武器や防具に変えることも可能なはず！

たとえば、今後は聖剣エーヴァンテインを槍や斧、さらには弓矢などにも変化できるに違いない。

いや、『万能錬金術』というのだ。もっと別のすごいものも錬成できるかもしれないぞ。

たとえば、そうだな……と、様々な妄想《もうそう》がオレの中で掻《か》き立てられる。

うーん！　いいぞ！　少なくともこれでオレ自身の戦力もかなり強化された気がする！

すぐにでも使ってみたい衝動に駆られるが、まずはこれを入手する機会を与えてくれた裕次郎にお礼を言わねば。

「ありがとう裕次郎！　お前がいてくれてよかったよ！　これからもオレの傍にいてくれ！　お前（のスキル）はオレと赤い糸で結ばれている！」

手を握ってそう叫ぶと、裕次郎は何やら顔を赤くし、慌てふためくが、すぐさま〝りょ、了解っす！　ユウキ様に救われた命！　オレはユウキ様に全てを捧げるっすー！〟と熱く応えた。

おい、なんだ、そのポーズ。やめろ、気色悪い。

というか、さっきのオレのセリフ、テンション上がりすぎて重要な部分が抜けていたような……？

見ると、ブラックがオレを見つめながら目に涙を溜めている。

「あ、主様、私という存在がありながら、なぜそんなチャラ男《お》に……！」

一方、イストは、何やら思慮深く考え込むように瞳を閉じながら妙なことを呟く。

「ふむ。これが噂のびぃえる、か……あり、じゃな」

違うぞ、変な勘違いするなよ！　というか、イスト！　お前はどこでそんな知識を蓄《たくわ》えたんだー！

◇　◇　◇

「ようやく着いたな。ここからが魔国の領域だ」

あれから一週間。長い旅路の果て、今オレ達の前に広がっているのは純白の雪原だ。

それまではただの草原だったのだが、突然線を引いたように真っ白い大地が現れた。

この雪原地帯を前に、オレの中に眠る魔王ガルナザークの記憶が囁く。

雪に覆われた大地……この先こそが『魔国』と呼ばれる領土、人が足を踏み入れてはいけない禁断の地。あらゆる魔物が蔓延《はびこ》り、その魔物達によって構成された世界である。

事実、その純白の領土の前に人がこの先へ踏み入らないよう、禁止領域としていくつかの柵や壁、さらには警告の立札すらもあった。

『この先、人間が立ち入ることあたわず』

この先が人の領域ではないと記されている。

「魔国か。儂も入るのは初めてじゃな」

「私は以前に何度か入った経験があります」

「そうなのか？　ブラック」

「はい。ですが、魔国の中心地に行ったことはありません。そこは特に強大な力を持つ魔物――いや、魔人がいましたから」

なるほど。だが、オレ達は今からこの魔国領に入り、その中心地を目指さなければならない。

全てはファナを救うため。

今ファナはブラックの背で眠りについている。

ここしばらく容態は安定しているが、それでも楽観はできない。

一刻も早くファナを救う手段を見つけなければ。

「それにしても、雰囲気というか、土地そのものがこれまでと全く違う感じっすね。これ、大丈夫っすかね？　一歩足を踏み入れた途端、魔物の歓迎を受けるとか……」

身震いする裕次郎に、イストはオレを指差して応える。

「魔物の歓迎ならば、これまでも受けていたじゃろう。まあ、そこにいる朴念仁《ぼくねんじん》一人で無双だったのじゃ。魔国に入っても大して変わらぬじゃろう」

まあ、確かに。ここへ来る途中もたくさんの魔物と遭遇しては、ことごとくワンパンで撃退してきた。魔国とはいえ、ただの魔物なら片手で薙《な》ぎ払《はら》える自信はある。

こちらも急いでいるので、邪魔が入るようならすぐに片付けるつもりだ。仮に魔人が来たとしても同じである。

「なんにしても急ごう。仮に敵が来ても、オレがすぐに蹴散《けち》らす」

「うむ。では、行くとするかのぉ」

「いよいよ、ここからが本番ですね」

「うう～、緊張するっす～」

そうしてオレ達全員が魔国領に足を踏み入れた……その瞬間であった。

「――ッ⁉　全員伏せろ‼」

オレは咄嗟に三人をかばうように前に出る。

「は？」

「え？」

「ッ⁉」

前方にありったけの魔力を込めた壁を作る。その完成とほぼ同時だった。

オレ達がいた空間を狙って、半径十メートルを跡形もなく消し飛ばすほどの魔法が飛来した。

「ぐうッ⁉」

「な、なんじゃこの魔力の嵐は⁉」

「うわあああああああああ‼」

イスト達の慌てる声が聞こえ、目の前が土煙で覆われる。

やがて土煙が晴れると、そこには先程まで存在しなかった人物がオレ達を待ち構えるように立っていた。

「にゃははは、よくぞここまで来たのだ！　まずは私の一撃を受け止めたことを褒めておくのだ。さすがはゾルアークを討ち倒した、魔王の魂を持つ者なのだよ」

「……何者だ、お前？」

そこにいたのは、ピンク色の髪をサイドテールにまとめた十五、六歳ほどの少女。

ボロボロのマントを羽織り、身長に不釣り合いなほど大きな胸を薄い布地で覆った、かなり大胆な格好をしている。

背中には黒い羽、お尻から先の尖《とが》った尻尾を出し、見るからに小悪魔といった印象だ。

いや、むしろ悪魔というよりもサキュバスに近い雰囲気だろうか？　そんなことを考えていると、少女は高らかに笑い声を上げる。

「にゃはははは！　我こそは六魔人が一人！　鮮烈可憐《せんれつかれん》にして、〝ピンクの悪魔〟の異名を取る第三位！　リリム・エーデリンデ、なのだ！」

ニカッと八重歯《やえば》を光らせながら、少女は宣言した。

六魔人？　この子が世界を危機に陥《おとしい》れている存在の一人なのか？

「ゾルアークを倒したことは褒めてやるのだ！　しかーし！　奴は我々六魔人の中でも一番の小物！　弱小！　最弱！　あの程度の奴を倒していい気になられては困るのだ！　ちなみに、私の実

力は奴とは天と地ほども離れていると宣言しておくのだー！」

リリムと名乗った少女は、ビシッとオレを指差す。

奴は四天王の中でも最弱……よくあるセリフだな。

しかし、うーむ……ぱっと見はとても強そうには見えないのだが、この子……

というか、さっきから独特の口調と、どことなくアホっぽい言動で、むしろマスコット系にしか見えない。

そんなことを思っていると、目の前の少女が何やら顔を真っ赤にして喚《わめ》き出す。

「こらー！　誰が〝そんな風に見えない〟だー！　私はこう見えて第三位の魔人なのだぞー!?　あと、私はアホじゃないのだー！　この口調も子供の頃からの癖なので、悪く言うなー！　なのだー！　もっと敬《うやま》えー！　崇《あが》めよー！　畏《おそ》れよー！　なのだぞー！」

いや、そんなこと言われましても……

って、ちょっと待って！　さっきのは声に出してなかったぞ！　この子、もしかしてオレの心を読んだのか!?

「にゃははは！　当たりなのだー！　この魔人リリム様は他人の思考を読むスキル『読心術』を持っているのだー！　故に、お前が先程から私のおっぱいを気にしているのも全てお見通しなのだー！」

マジか。確かに最初見た時、幼さの割に随分な大きさだとは思ったが……別にそこまで気になったわけじゃなく――

というか、すぐ後ろを見ると、イストが殺意の篭った目でオレとリリムを交互に睨んでいる。そういえば、彼女は〝ぺったんこ〟の貧相な体で、そこから成長できないのを気にしていたな。その、なんというか、すまん。

「なんと！　そっちの貧相な魔女はその体のまま成長しないのかー!?　それはご愁傷様なのだー！　胸や体がちっこいと、何かと苦労するだろうー！　なのだー！」

またオレの心を読んだのか、それともイストの心を読んだのか、リリムが挑発するように笑う。

いかん、イスト、乗るなよ。あれは挑発だぞ。乗るなよ！　絶対に乗るなよ！　と、最早フリでしかない言葉を心の中で繰り返す。

「誰が貧相な体じゃあああああああああ!!」

ああ、やっぱり乗ったよ！

普段は落ち着いてるのに、こういう時は感情的になるんだなー。また一つイストのことを理解したよ、うん。

そう思っているうちにも、イストは怒りにまかせて魔法を放つ。しかし、それらはリリムの周囲に張られた結界に弾かれ、傷一つつけられない。

次いで、反撃とばかりにリリムの周囲に黒い球体が生まれ、そこから漆黒の刃が伸びてイストへと襲いかかる。

「ッ！」

「にゃははは、遅いのだ」

イストは咄嗟に防御魔法を張ろうとするが、それよりもリリムの漆黒の刃の方が速い。

しかし、無論それをやすやすと通すオレではない。

「スキル！『龍鱗化』！」

オレは両腕を龍鱗によって覆い、リリムの攻撃を防ぎ、イストを守る。

「す、すまぬ、ユウキ……」

さすがに頭が冷えたのか、イストはブラック達と後方に下がる。

ふぅ、さすがは魔人。イストやブラックではこいつの相手は荷が重い。

となると、やはりオレがやるしかないか。

「そういうことなのだな。さあ、ゾルアークを倒したお前の実力を見せてみるのだ」

「じゃあ、お言葉に甘えて」

そうして魔国の領地に足を踏み入れて僅か十分足らずで、オレは魔人の一人と刃を交える羽目になった。

「ちなみに、出し惜しみなどせず、全力で来るのをおすすめするのだ」

リリムは仁王立ちのまま、こちらの出方を見る。

なるほど。『読心術』を持っているから、こちらがどんな攻撃をしても対処する自信があるのか。

まあ、そういうことなら、こちらもそれなりのスキルでやらせてもらおう。

「『ドラゴンブレス』！」

スキルを発動すると同時に、オレは口からこの地一帯を焼き尽くすほどの灼熱《しゃくねつ》の炎を吐き出す。

おおー、マジで口から炎吐けるよ、このスキル。

絵面が微妙な気がしたのでこれまで使うのを控えていたけれど、これすごいな。

先日、ブラックがこのスキルを使っていたのを見て、オレもこのスキルを使えるのを思い出した。

だが、オレの口から放たれた火炎は質、量ともにブラックのそれとは段違いであった。

オレのレベルが高いからなのか、あるいは裕次郎相手に使っていた時はブラックが加減していたのか。

熱量に関しては『シャドウフレア』と同じぐらいかもしれない。

そうこうしている間にリリムはオレが放った『ドラゴンブレス』の火炎に呆気なく呑み込まれ、姿を消す。

とはいえ、これで終わりとは思えない。さて、次に彼女が何を仕掛けてくるか。

今度はオレが彼女の出方を見ようと構えを解いた瞬間であった。

『愚か者が！　さっさと防御しろ！』

「――――!?」

突然、オレの頭に声が響いた。

オレはその声に従って反射的に全身を『鉱物化』して身を固める。

それに一瞬遅れ、オレの腹部に強烈な打撃が入った。

「ぐッ……！」

「にゃははは、良い反応なのだ。私の動きは見えなかったはずなのに咄嗟に防御するとは、なかなか鋭いカンをしているのだ。褒めてやるのだ」

リリムの声が聞こえた次の瞬間、オレは数十メートル先にある岩壁にぶつかっていた。

「がはっ！」

「なっ、ユウキー！」

「主様！」

「ユウキ様ー！」

三人がオレの名を叫ぶと同時に、オレの口から血が流れる。

……血？　ダメージ？

オレは慌ててステータス画面を開き、自身のＨＰゲージを確認する。すると、なんと二割近いゲージが一気に消失していた。

嘘だろう？　今の蹴り一つで？

唖然とするオレにリリムと名乗った魔人は告げる。

「にゃははは、言っただろう。私はゾルアークとは違うと。あいつは魔人の中でも最弱なのだ。我ら六魔人には明確に強さの順番があるのだ。最初に言ったのだ。私は第三位、ゾルアークは第六位。私は魔人の中でも三番目の実力者なのだぞ」

そう告げたリリムの体から溢れる魔力は、確かにあのゾルアークとは比べ物にならない圧力であった。

下手をすればノーライフキング、あの魔王ガルナザークにも匹敵する魔力量。

なるほど、こいつは少し甘く見ていた。

この子に言われた通り、ちゃんと実力を出すべきだったな。

オレはゆっくりと立ち上がり、右手に聖剣エーヴァンテインを生み出す。

「にゃははは、だから言ったのだ。それでは改めてお前の実力を見せてもらうのだ」

「オーケー。それじゃあ、本番といこうか」

オレは口元から流れる血を拭い、不敵に笑う。

そんなオレに対しリリムもまた笑みを返し、ジリジリと間合いを詰めてくる。

互いにギリギリの距離を保ち、相手の出方を窺う。

先程の攻撃からも、彼女の実力は確かなものだと分かる。下手に仕掛ければ反撃を受けて、ＨＰを失いかねない。となれば、まずは遠距離からの攻撃で隙を作るか？

あれこれ考えていると、突然――

「時にお前、レベルは１７９あるみたいなのだな？」

「まあな」

オレはリリムに頷く。

魔人ゾルアークを倒した際にレベルが上昇し、今は179だ。

プラチナスライムを倒して以来、幾度《いくど》か戦闘したが、オレのレベルは上がらなかった。それが上昇したということは、奴も結構なレベルだったのだろう。

あるいは、この世界では、単に戦闘に勝利するだけでなく、相手を殺した方が経験値を多くもらえるのかもしれない。

黒竜は気絶だし、ノーライフキングは殺したというより取り込んだ形だしなぁ。

そんな成長したオレを前にしても、リリムは余裕の笑みを崩さない。

「にゃははは、なるほど。まあ、確かにそれだけのレベルがあれば、ゾルアークを倒せても当然なのだ。何せ奴のレベルは140ちょい。お前とは30以上もの差があったのだ。それだけのレベル差があれば、まず負けることはないのだ」

「それで?」

何が言いたいのかとリリムに尋ねると、彼女は満面の笑みで答える。

「教えてやろう、ユウキとやら。私のレベルは――210なのだ」

なん、だと……？

オレのレベルと30以上の開きがあるだと……？

その宣言には、オレだけでなく背後にいたイスト達すら息を呑んだ。

「にゃははは、ここまで言えば分かるだろう？　つまり、私とお前との差は、以前のお前とゾルアークと同じ差があるのだ。この世界において３０以上もレベルが離れた相手に勝つには、普通の手段では不可能なのだ。伝説の武器や防具でそれを補う手があるが、それをしても、互角の勝負に持ち込むのがせいぜい。あるいは後ろの三人がお前と同レベルだったら勝負は分からなかったのだ」

そう言って、リリムはオレの背後にいるイスト達を見る。

なるほど。確かに、レベル差が離れた相手に対して最も有効な対策手段は、数で対抗すること。

とはいえ、ただ数を揃えるだけでは意味がない。ある程度のレベルを持った仲間数人で協力して、レベルが離れたボス敵に挑む。ここらへんはＲＰＧなんかでもよくある戦術だな。

さっきリリムが言っていた強い武器で戦力を強化するのもそうした手段の一つ。

つまり、現状のオレは武器による戦力強化はできても、仲間のレベルが伴っていないから、このレベル差を埋める決定的な要素を持っていないというわけか。

「そういうことなのだ。まあ、奇跡でも起こらない限り、私を倒すのは不可能なのだ」

「それじゃあ……奇跡を起こせれば、お前を倒せるってわけだな」

「にゃははは！　簡単に言うのだ！　そうそう起こらないから、奇跡は奇跡というのだ！」

「それはどうかな……案外、起こるかもしれないぜ」

その宣言とともに、オレは瞬時に大地を駆ける。

音速を超えた速度でリリムの周囲を駆け回り、常人なら視認不可能なレベルで、動きを読まれないようにかく乱する。

が、それはあくまで格下にしか通じない手段。

レベル210を自称するリリムの前ではほとんど無意味である。彼女は先程からのオレの動きを全て目で捉えていた。

やはり力押しでは無理か。ならば、とオレは地面に拳を打ち付け、土煙を発生させる。

さらにノーライフキングが使っていた霧の魔法で付近一帯を覆う。

これで視界は完全に塞いだ！　普通ならば、この目くらましに乗じて攻撃を仕掛けられるはずなのだが。

「にゃははは、その通り。発想は良かったが、それは私には通じないのだ。私には『読心術』がある。つまりお前の動きが見えなくても私には全て筒抜けなのだ。たとえば、後方からの剣の一突き。次に斜め後ろからの回し蹴り。足元の地面を砕いて、岩を投げつけてからの一閃《いっせん》。さらにそれら全てを囮《おとり》にした上空からの『シャドウフレア』……手の内は全てお見通しなのだ」

リリムが言った通り、オレが仕掛けた攻撃は全て回避、あるいは防御される。

マジかよ。視界を奪われた状態でも、この連携を防ぐのか。冗談キツすぎる。

素のレベルで負けている上に相手に『読心術』があるんじゃ、もはや手の打ちようがない。

これは事実上、詰んでいるのでは？

「その通りなのだ。だから言ったのだ、奇跡は起こらぬと」

「どうかな……それなら、読まれていても避けられない攻撃をすればいいだけだろう！」

余裕の表情を見せるリリム目掛け、オレは真正面から突撃をする。

文字通り全身全霊を込めた突貫。回避や防御をさせる暇も与えない全力の一撃！　これならばどうだ！

捨て身の覚悟で放ったオレの全力の一撃だが、しかし――

「無駄なのだ。そういうのは最低でも同じレベルじゃなきゃ通じないのだ」

オレが全力を込めた一撃を、リリムはこともなげに避けた。

素のレベルにおける身体能力の差、さらにどこから攻撃が来るのか事前に読める『読心術』。それらを駆使すれば、オレの全力の一撃を避けることはそう難しくはない。

攻撃を避けると同時に、彼女はオレの背後を取り、背中目掛けて手刀を繰り出す。

「残念だったのだな。やはり奇跡は起こらぬのだ」

「――がッ！」

リリムの手刀が〝オレ〟の背中を貫く。

「なっ!?　ユウキー！」

「あ、主様ー!!」

「ユウキ様ー‼」

イスト達が悲鳴混じりに叫ぶ。

一方で、リリムはどこか複雑そうな表情で手刀を抜く。

「――残念なのだ。魔王様の魂を取り込んだ人物と聞いて期待していたのだが……」

胸に空いた穴からとめどなく血を流しながら、〝オレ〟はそのまま地面に倒れる。

致命傷だ。これは助からない。

はは、マジかよ。こんなアッサリ死ぬなんて。

リリムの声を聞きながら、オレは〝自分の死〟を他人事のように分析していた。

「ここで私に敗れるようでは、どの道、この先の魔国では生き残れないのだ。せめて、苦しまぬうちにここで眠るがいいのだ。魔王の魂を持つ者よ」

リリムは地面に倒れるオレの死体を一瞥《いちべつ》する。

やがて周囲に舞う土煙と霧の魔術が晴れると、様子を見守っていたイスト達が息を呑んだ。

それは、地面に転がるオレの死体を見たからではない。

リリムの前に転がるオレの死体。それとは別の〝もう一人のオレ〟が、リリムの背後より迫り、聖剣の一撃を放とうとしていたからだ。

「⁉ なんだと⁉」

瞬間、リリムは慌てて〝オレ〟を振り返る。

チッ、惜しい。さすがは『読心術』持ち。イスト達の思考を読んだか、あるいは〝こちら側のオレ〟の意識を読んだか。だが、ここからの反応ならまだ間に合う！

オレは全力を込めた聖剣による一撃を放つ。

リリムはそれをなんとか受けるが、咄嗟のことで防御は完全には間に合わなかった。

聖剣の一撃によってリリムの腕は切り裂かれ、彼女は明確なダメージを負った。

「……ッ！」

右腕から吹き出る血を見て、リリムは慌てた様子で後ろに下がる。

「ふうー、さすがは伝説の聖剣。これならレベル差が開いていてもお前にダメージを与えられるな、リリム」

オレは聖剣を構えてリリムの前に立つ。

先程彼女が言った通り、普通ならばレベルの離れた相手にダメージを与えるなど至難《しなん》の業《わざ》だろう。

だが、それを覆《くつがえ》すのが伝説の武器・聖剣エーヴァンテインだ。

少なくとも、攻撃力においては、オレも彼女もどちらも相手に致命傷を与えられることが証明された。

しかし、彼女は自身の傷よりも、倒れ伏す〝オレの死体〟を見ながら問いかける。

「……どういうことなのだ？」

「そんなの、心を読めば分かるだろう？」

オレの挑発に乗って『読心術』を使ったのか、リリムの顔が驚愕の表情に変わる。

「なッ!? あ、ありえないのだ！ そ、そんなことが可能なんて……!?」

「だが、現にやってのけたぜ。死んだと思った人間が生きていた。こいつは十分奇跡って言えるだろう？」

「お、おい！ ユウキ、いったいどういうことじゃ!? 儂らにも分かるように説明せよ！」

一方で、戦いの様子を見守っていたイストがそう叫ぶ。

まあ、確かに彼女達には何が起こったのかさっぱりだよな。

「簡単だよ。さっきリリムが斬ったオレは、紛れもない本物だ。だが、ここにいるオレも本物。要するに、オレはもう一人のオレを作ってリリムと戦わせてたのさ。最初に上げた土煙と霧の魔術は不意打ちのためじゃなく、もう一人のオレを生み出し、それと入れ替わるための目隠しだったのさ」

「ど、どういうことじゃ!?」

まだ状況を理解できないイストに、オレは答えを告げる。

「『万能錬金術』。それによってオレはもう一人のオレを作った。いわゆる『ホムンクルス』ってやつだ」

「な、何いいいいいいいいいいいいい!?」

驚愕の叫び声をあげるイスト。

いくら『万能錬金術』とはいえ、いきなり生命――それも自分自身の複製を生み出して戦わせるなど、驚いて当然だ。しかし、これが意外と簡単にできた。それは、無から作り出したのではなく、自分をベースにしたからこそかもしれない。

とはいえ、ＭＰ消費はデカいし、ホムンクルスを操作している間も継続的に魔力を消費する。

ちなみに、生み出されたホムンクルスは独自の意思を持っており、同時に本体であるオレの考えとも同調してくれる。なので、先程の戦闘の際、リリムが読んでいた思考は彼女が戦っていたホムンクルスの思考のみ。本体であるオレは、土煙に潜み、リリムがホムンクルスを倒した隙をついてトドメを刺すはずであった。

結局、途中で気づかれたために決めきれなかったが、ダメージは与えられた。

ならば、次はこれをもっと応用すればいいだけだ。

無論、オレがそう思っていることはリリムにも伝わっているけれど……

「にゃははは、自分をもう一人創造するなんて、さすがに予想できなかったのだ。まったく、とんでもない奴なのだ。だが、それなら次はお前本体とホムンクルスの意識を同時に読めばいいだけなのだ。私は最大七人までの思考を同時に読むことができるのだ！」

「へえ、なるほど。そりゃ確かにすごい。普通に戦えば、まず勝ち目はないな」

「その通りなのだ。降参するなら今のうち――」

「なら、今度は十人で行かせてもらうよ」

「……にゃん、だと？」

リリムは呆気に取られてポカンとする。

だが次の瞬間、彼女が瞬《まばた》きする間にそれは起きた。

オレが手を振りかざすと周囲が光に包まれ……それが収まった時、そこに現れたのは都合十人のオ・レ・・・・・。

無論、その全てがオレと同じレベル、能力を有したもう一人の自分だ。

全てが本物でもあり、また偽物とも言える彼らを前に、さしものリリムも引きつった笑みを浮かべる。イスト達に至っては唖然とした様子で目を白黒させていた。

『さあて……ご覧の通り、お前が挑むのは十人のオレ達。確かに一対一ではまず勝てないだろう。だが、一対十ならどうかな？　レベルが３０近く離れていても、これだけの数がいれば、さすがに良い勝負ができるんじゃないのか？』

「うっ、くっ……!?」

オレ達の宣言を聞き、リリムが冷や汗を流す。

それもそうだろう。これは戦闘前に彼女自身が言っていたことだ。後ろの三人がオレと同じレベルだったら勝負は分からなかったと。しかも、それが四人ではなく十人いるのだから。

『それじゃあ、改めて勝負といこうか。オレ達十人の思考、読めるものなら読んでみな！』

「くうッ!?」

宣言と同時に、オレ達は飛び出す。

無論、十人全員がそれぞれ独自に判断し、異なる思考をもとに戦闘を行う。

リリムはそれらを必死に『読心術』によって読み取り、オレ達の動きに対応しようとするが――

（まずはオレAが接近して奴に隙を作る。聖剣エーヴァンテインに勇者スキル『ホーリーウェポン』を使用！　こいつは武器の性能を限界まで上げ、さらに神聖属性を付与する！　魔族や魔物にとって天敵と呼ぶべき勇者スキル！　これによって光の斬撃を一秒間に数百与え続ける！　レベル差があっても、十分足止め可能だ！）

（さらにオレBが後ろからスキル『鉱物化』と『龍鱗化』によって強化した両腕による格闘戦を行う！　同じく『ホーリーウェポン』を使用するが、使用対象は武器ではなくオレ自身の拳！　前方のAと合わせて後方から無数の連打を仕掛ける！）

（AとBが挟撃《きょうげき》を仕掛けている横で、オレCはDと合わせて遠距離からの攻撃！　『万能錬金術』によって聖剣エーヴァンテインを遠距離攻撃可能な弓矢に変える。その名も聖弓《せいきゅう》エーヴァンテイン！　ここから放たれる光の矢一発一発が以前魔人ゾルアークに放った聖剣の威力と同等！　それを一秒間で数百発連射し、避ける暇を与えない！）

（Cが弓矢による遠距離攻撃を仕掛けると同時に、オレDは魔法による遠距離攻撃を仕掛ける！　『シャドウフレア』……だと爆発でAとBのオレを巻き込むな。ならば『万能錬金術』で『シャドウフレア』を変換、創造する！　錬金できるのは物質だけとは限らない！　魔力すらも変換し、新たな魔法を生み出す！　見た目は豆粒くらいの小さな弾をイメージして……この一発一発が『シャドウフレア』と同等の威力を持ち、それらがオレの意思で自由自在に動き回る魔法。名づけて『アサルトシャドウフレア』！　この無数の小さな黒炎で三人の援護をする！）

（……と、四人のオレがリリムに攻撃を仕掛けているので、オレEはバフ担当でもしますかね。てことで、他のオレの能力を上昇させる援護役に徹する！　A～D四人の魔力、攻撃力を補助魔法で強化！　身体能力、魔力全てをブースト！）

（さらにオレFはリリムへのデバフ担当！　攻撃力ダウン、防御力ダウン。なんなら重力操作や『邪眼』を使った魅了《みりょう》に麻痺《まひ》、睡眠など、あらゆるデバフをかけ続ける！　バッドステータス系の異常は無効化されるだろうが、それでもこれを毎秒毎秒かけられるのはウザいはず！　少しでもリリムの邪魔をして、他のオレを援護する！）

（いやー、他のオレ、マジで頑張ってるわー。オレFはデバフもとい、嫌がらせしまくってやる！）

（いやー、他のオレ、マジで頑張ってるわー。つーか、さすがに十人も出すと本体のMPがゴリゴリ削れて、維持するのも結構疲れるだろうなー。オレGは何しよう……つーか、腹減ってきたなー。本体からも魔力消費による空腹が伝わってくるしー。いやー、これが終わったら、さっさと飯食いたいわー。裕次郎の『通販』スキルでコンビニ弁当買いまくろう。昨日は天丼食べたし、今日は牛丼と麻婆豆腐《まーぼーどうふ》……あっ、寿司もいいかも。そんでもって、デザートには杏仁豆腐とタピオカ、それからクレープも一緒に注文しようー）

「にゃははははは！　確かに、これではいくら思考を読んでも追いつかないのだー！　というか、明らかに一人、どうでもいいことを考えている奴がいるのだー！」

近接戦闘から遠距離攻撃、魔法に補助に妨害に……それぞれが今オレの中にある最大級のスキル、能力を駆使しながらリリムへと挑む。

いくつかは『読心術』によって防御され、反撃を受けるが、彼女が捌《さば》ききれない攻撃が命中しはじめる。

仮にこの場にいる全員のオレの思考が読めたとしても、その全てに対処することは不可能だ。

もはや、ここまで来ればレベル差などは関係ない。さっき言った〝読まれても避けられない攻撃〟を、物量によって実現したのだ。

オレは数の力によって、リリムを圧倒していく。

「どうだ？　これだけの数のオレがいるなら、さすがに奇跡の一つや二つは起きるんじゃないか？」

「く、ぐううううううぅっ⁉」

オレ達の猛攻に、リリムは徐々に押されていく。

やがて、一人のオレがリリムの脇腹に『龍鱗化』によって硬化した拳の一撃を叩き込んだ。

「がはっ⁉」

「隙ができたぜ、魔人リリム！」

その叫びとともに、正面のオレAが聖剣を掲げて必殺の一撃を放つ。

リリムは即座に体勢を立て直し、右手に全エネルギーを集中させて応戦する。

「にゃははは……まだだ、魔人リリムちゃんを舐めるななのだーー!!」

全魔力を注いだリリムの手刀は、聖剣の一撃を粉砕し、その先にいるオレAの胸を貫く。

「にゃははは、まずは一人なのだ！　確かに物量は恐ろしいが、それなら一人一人確実に倒していけばいいだけなのだー!!」

確かに多数の相手を各個撃破で仕留めていくのは常套手段《じょうとうしゅだん》だ。

しかしそれは、仕掛ける側のオレ達も当然理解している。

……むしろ、これをオレ達は待っていた。

「――ああ、だろうな」

「ッ!?」

胸を貫かれたオレAだが……あろうことか、そのままリリムの腕を掴んで放さない。

そして、その後ろでは『龍鱗化』を解いたもう一人のオレ――いや、〝本物のオレ〟が、聖剣エーヴァンテインを右手に握り、迫る。

「!?　しまったのだー!?　本物は初めから私の後ろに!?」

慌てて後ろを振り向こうとするリリムだが、胸を貫かれたままのオレが彼女の動きを止める。さらに両脇にいるオレ達が彼女の行動を阻んだ。

徹底した妨害、邪魔、嫌がらせの極致とも言える物量による戦術で、レベル差を埋め尽くし、強引に奇跡をたぐり寄せる。

ここにきて初めて、魔人リリムは焦りの表情を浮かべ、叫ぶ。

「うわあああああああああああッ！」

「というわけだ、魔人リリム。確かにお前は強かった。オレ一人じゃ勝てないほどに。だが、残念だったな。お前が挑んだのは、一人のオレに内包された無限のオレ達だったのさ！」

その一言とともに、オレは聖剣エーヴァンテインに持ちうる全ての――いや、他のオレ達による全魔力のバックアップをも加えた力を注ぎ込む。

それはただの強化魔法の域を超え、聖剣を神剣に変えるほどのブースト！

まさに奇跡と呼んでいい一刀。

レベル差などものともしない絶対の一撃を見舞う。そして……

「――にゃはは、確かにこれは……奇跡、と言うほか、ないのだな……」

その一言を呟き、リリムは屈託《くったく》ない笑みを浮かべ、地面に倒れ伏した。

オレは静かにエーヴァンテインと周囲のホムンクルス達を収納すると、右手を高く掲げて勝利のガッツポーズを取る。

「お主……か、勝ったのか……？　あのとんでもない魔人相手に……？」

「さすがは主様です！」

「す、すごい……すごいっすよー！」

それまで戦いを見ていたイスト達が、一斉に歓声を上げながらこちらに近づいてきた。

オレは地面に倒れたリリムをじっと眺め続ける。

先程の一撃でリリムは戦闘不能状態になり、動く様子はない。それでもまだ死んだわけではなかった。トドメを刺すならば今しかないが……と、オレが決断しようとした瞬間であった。

『――待て。殺すな』

「え？」

突然、オレの中で何かが囁いた。

今の声は……まさか、ノーライフキング？

いや、だが仮にそうだとしたら、なぜあいつがトドメを刺すのを制止する？　あいつの性格上、誰かを生かそうなんてしないはずだが……？

「お待ちください！」

そんなことを思っていると、背後から聞き覚えのある声が響いた。

見ると、そこにはザラカス砦で会った、あのリザードマンの姿があった。

「お前はあの時の……」

「お待ちください、魔王様。その方を……あなた様の娘を殺《あや》めないでください」

「はい？　娘？」

リザードマンのその発言に、オレは目を丸くする。

無論、それはオレだけでなく、イスト達も同様であった。

「リリム様。もうこれくらいでよろしいでしょう。彼らの……いえ、あの方の実力はこれでハッキリしたはずです」

「……にゃははは、それもそうだな。これは私の完敗みたいだし、素直に認めるのだ」

そう言って、倒れていたリリムがむくりと起き上がる。

これは一体どういうことだ？

戸惑うオレ達を見回して、リザードマンが事情を説明する。

「申し訳ありません、魔王様。あなた様がこの魔国へ来ることは分かっていました。そこで、我々はあなた様を迎える準備をしていたのです。ところが、現在我らを率いる主……魔人リリム様が、自分が仕えるのに相応しい人物であるか、あなた様と直接拳を交えて確認したいと言うので、このような手段を取らせていただきました。結果はあなた様の勝利。これでリリム様もあなた様の配下になることを受け入れてくださるでしょう」

「にゃははは。まあ、そういうわけなのだ。本当はある程度試して終えるつもりだったのだが、やってるうちに楽しくなってな。ついつい最後までやってしまったのだ。とはいえ、私は全力を出して負けたのだ。さすがはお父様の魂を吸収した人物なのだ。これならば今後は雑用でもなんでも言われた通りにやるのだ。にゃははは！」

「え、ちょっと待って!?　そのお父様ってまさか!?」

「ん？　今、お前の中にある魂、魔王ガルナザークのことなのだ。言っていなかったか？　私は先代の魔王の娘の一人〝魔王女〟リリムなのだ」

マジかよ。道理であの強さだったわけだ。

ということは、さっきガルナザークがオレを制止したのは、自分の娘が殺されるのを見たくなかったからなのか？

驚くオレ達をよそに、リザードマンとリリムはオレ達の前で膝を折る。

「魔王様。あなた様のご帰還をお祝いいたします。これからは我々を従え、他の魔人達を打倒し、この魔国をあなた様の手で統一なさってくださいませ」

「にゃははは～、そういうわけなのだ～。お願いするのだ～、お父様～」

「ちょ、ま、待ってくれよ！　統一って、オレはそういうつもりでこの国に来たんじゃないんだよ！」

なんだか思わぬ方向に話が行っているので、慌てて二人の会話を止めた。

すると、リザードマンもリリムも不思議そうな顔でオレを見る。

「？　では一体、なぜ魔国にいらっしゃったのですか？」

「それは……」

リザードマンに問われ、オレは言《い》い淀《よど》む。

どうする、正直に言って大丈夫なのか？

だが、魔国のどこに行けばファナを助けられるのかは分かっていない。もしも、こいつらの協力を得られるのならば、かなり頼もしい。

オレはイスト達に視線で確認する。彼女達は黙って頷き、オレに任せるといった様子だ。

改めて、目の前のリザードマンとリリムの顔を見る。

彼女達の顔は真剣であり、少なくともオレを騙《だま》そうとしている雰囲気はない。

それに、オレの中に潜むガルナザークの影響か、『魔王』の称号によるものかは分からないが、オレはこの子のことを信用してもいいと思いはじめている。

ここは覚悟を決め、オレがこの魔国を訪れた理由を話すことにした。

「実は――」


「……にゃるほど。〝虚ろ〟についての情報を探しに来たのだなー」

オレからの説明を聞いてしきりに頷くリリムに尋ねる。

「何か知っているのか、リリム!?」

「ううん！　全然知らないのだー！」

って、期待させるなよ！

思わず崩れ落ちるオレに、リザードマンが意外な言葉を語る。

「しかし〝虚ろ〟ですか。確か先代の魔王様がそのようなものを調べていた記憶はございます」

「マジか？　ってかお前、先代の魔王のことを知っているのか？」

「はい。私は先代から仕えております」

そうだったのか。ってことは、結構な古参だな。

とはいえ、現状ではやはり〝虚ろ〟に関する決定的な情報はないかと諦めかけた時……

「そういえば、前にお父様が〝ある秘密〟を城の封印の間に封じていたような……もしかしたら、そこで〝虚ろ〟に関する資料が見つかるかもなのだ」

「マジか！　なら、すぐに案内してもらえないか？」

「にゃははは、当然なのだ。むしろお父様が私達の城に来てくれるなら、大歓迎なのだー」

そう笑いながらオレ達を先導するリリムとリザードマンの後にオレとイスト達が続く。

イストは険《けわ》しい表情で、オレに小声で問いかける。

「……おい、ユウキよ。本当にこやつらを信用していいのか？」

「まあ、そうだな……けど、他に行くあてはないし、魔国って言っても領土はかなり広いんだろう？　なら、まずはあいつらの城に案内してもらうのは悪くはない選択だ。仮にそれが罠だとしても、オレがイストや皆を守るよ」

「ううむ……」

「にゃははー、安心するのだー。罠ではないのだー。ただまあ、我々の領土も今は色々と危ないからなー。お父様が来てくれると嬉しいというか、個人的には我々の方がお父様に助けてほしいくらいなのだー」

こちらの声が聞こえたのか、あるいは例の『読心術』を使ったのか、リリムはそう声をかけてくる。

というか、助けてくれとはどういうことだ？

先程のオレに魔国を統一してくれという言葉も気になっていたが、明らかにリリムはオレの力を頼りにしたいようだ。あれほどの力を持つリリムが、一体どうして……

そんな疑問を持ちつつ、オレ達は魔国領の奥へと踏み入れるのだった。

◇　◇　◇

「ここが私達の領土にして私達が住むウルド城なのだ」

リリムが紹介した場所は、想像を絶する巨大な山脈だった。

しかし、それはただの山ではなく、山肌のいたるところに窓のようなものが見える。

麓《ふもと》には入口らしき巨大トンネルがあり、これまた大きな門がそびえ立っている。

もしかして、山の内部をそのまま城にしているのだろうか？

門に近づいたリリムが呪文を唱えると、それに反応して門扉がゆっくりと開く。

「うお！　すごい魔物の数だ！」

内部の光景を見て思わず驚きの声を上げてしまった。

なぜならそこにはコボルトを始め、ゴブリンやワーウルフなど、様々な魔物がいたからだ。

「うむ、さすがは魔国じゃな。扉の先はあたり一面、魔物だらけじゃ」

「ここ、まるで市場みたいっすね」

裕次郎の言う通り、扉を開けてすぐに広がった光景は、街の大通りのような場所だった。

見ると、コボルト達以外にもザラカス砦で見たオーガやトロール、ガーゴイルなど様々な魔物が行き交い、建物も多く存在している。さながら巨大な地下都市といったところか。

「当然なのだ。我々にとって城とは領土なのだ。城の中には様々な生活圏があり、魔物達のランクに従ってそこで暮らしているのだ。ちなみに、ここは一番下層のフロア。下級の魔物達が各々《おのおの》好きに暮らしているのだ。最近では人間達の生活を真似したりして、自分達で商売を始める者もいるのだ。一つ上の中層フロアも似たような感じなのだが、ここよりも建物も構造も綺麗なのだ。そして、最後が上層フロア。そこがこの城を治める私が住む場所であり、側近達も暮らしているのだ」

なるほど。魔国と言っても、その国内には様々な城があり、領土があるということか。で、その城のフロアで魔物のランクによって住み分けが行われていると。思ったよりもちゃんと国としての形を取っているんだな。

感心しながら大通りを歩いていると、様々な魔物がオレ達——というよりもリリムの姿を見て騒ぎ出す。

「おい、見ろ！　リリム様がお帰りになったぞ！」

「リリム様！　ご苦労様です！」

「敵との交戦はいかがでしたか⁉　次は我々もぜひお供を！」

そう言って次々と魔物達がリリムの周囲に集まる。

おお、あいつ意外と人気者なんだな。まあ、魔人だし、この城を取り仕切ってるみたいだから当然か。

そんなことを思っていると、魔物の何体かがオレ達に注目する。

「リリム様。そいつらは？」

「人間⁉　リリム様、どうして人間をこの場所に⁉　いや、もしかして捕虜《ほりょ》ですか？」

「捕虜にしては奇妙だな。リリム様、もしよろしければ我々の方でそやつらの処分をいたしますが」

オレ達の周囲に魔物がワラワラと集まりだす。何体かの魔物は明らかに殺気立った様子で、敵意を剥き出しにしてこちらを睨む。

それを感じ取ったイストとブラックがすぐに臨戦態勢を取る。

しかし、一触即発《いっしょくそくはつ》の空気を振り払うように、リリムが大声で宣言した。

「余計なことをするななのだ。この方の姿を見れば、お前達も分かるはずなのだ。たった今より、このウルド城の支配者は私からこの方へと代わる！」

当然、それを聞いた魔物達の中からすぐさま反対の声が上がる。

「何をおっしゃってるのですか、リリム様！　このような人間が我々を支配するなど、冗談はおよしください！」

「そうですぞ！　人間など我らの餌にしてしまえばいい！」

「リリム様！　そのような弱腰ですから他の魔人達にも……！」

口々に反論する魔物達だったが……彼らは皆、オレの姿を見るなり絶句して、次第に騒ぎが収まっていく。

なんだ、どうしたんだ？

「そ、そんな……まさか……あなた様は……！」

「ま、魔王様……魔王様なのですか……!?」

「え？」

まだ何も言っていないのに、次々と魔物達がオレの周囲に集まり、畏怖《いふ》するようにその場で土下座しだした。中には明らかに震えている者もいる。

「も、申し訳ありませんでした魔王様！　まさか、あなた様が『魔王』の称号を持っているとは！」

「リリム様の先程のお言葉、理解いたしました。あなた様が来てくださるのでしたら、我々にも勝機が生まれます！　ぜひともあなた様の力で我らに勝利を！」

「皆の者！　我らの領土に『魔王』の称号を持つお方が来てくださったぞー!!」

「おおー！　これで我らウルドの魔物がこの魔国を統一できるぞー!!」

『おおおおおおお！』

途端にオレの周囲で沸き立つ魔物達。

な、なんなんだ一体？　困惑するオレ達に、リリムが申し訳なさそうに事情を説明する。

「にゃははは、すまないのだ。口で説明するよりも、お父様を直接見せた方がこいつらも納得すると思ったのだ」

「ちょ、これって一体どういうことなんだ？」

「ん？　どうって、お父様は『魔王』の称号を持っているのだろう？　多くの魔物は『魔王』の称号を持つ者を見れば、それだけで相手を『魔王』として認め、従うのだ。それが称号が持つ力なのだ」

マジかよ。だからあのリザードマンも、オレを見てすぐに『魔王』だと分かったのか。

「ならば、このユウキを魔国中の魔物に見せるだけで、魔国を統一できるのではないのか？」

イストの意見はもっともなものだったが、リリムは首を横に振る。

「ひゃははは。そう簡単でもないのだ。認めると言っても、それはレベルが離れた下級の魔物達に限るのだ。ある程度のレベルを持つ強力な魔物になれば、自分が仕える王は自分で選ぶのだ。それに、我々『魔人』も『魔王』と同じような称号なので、別の魔人の配下になった魔物達は、自分達の主を優先するのだ」

なるほど。魔人も魔王と同じく称号なのか。言われてみれば、そうか。

「なんにしても、これでお父様はここの魔物達には認められたので、大丈夫なのだ。まあ、詳しい説明は上層エリアについてからするので、今はとりあえず私についてくるのだ」

「お、おう……」

オレ達はリリムに案内され、城の上層エリアへと向かう。

その最中もオレの姿を見た魔物達がその場で敬礼をしたり、賞賛の声を上げたりしたのは言うまでもなかった。


「ここが上層エリアか」

そこはまさに白亜の宮殿と呼ぶべき、美しいエリアだった。一面真っ白な通路が広がり、壁のいたるところに扉がある。

試しに一つを開けてみると、貴族の屋敷もかくやという豪勢《ごうせい》な部屋があった。下手をしたらオルスタッド王国の城よりも、荘厳な作りではないか。

またそこに住んでいる魔物達も、下層エリアにいた魔物達と比べて明らかにレベルの高い個体ばかり。彼らはオレやリリムの姿を見ると、その場で直立不動の敬礼をする。

さすがに上級の魔物となると品性も高いらしい。その佇まいはまるで王国を守護する騎士団のようだ。さしずめ魔物騎士団と言ったところか。

「にゃははは、さて、それでは、どこに案内しようか。なんだったら、このまま玉座に座ってもらって、私達の指揮をしてくれても構わないのだ」

「いや、リリム。オレは先代の魔王が封じたという封印の間を開けるために来たんだ。まずはそこに案内してくれないか？」

「にゃはは、そういえばそうだったのだな。でも、あそこはそう簡単には入れないのだ」

「？　どういうことだ？」

「口で言うよりも、見た方が早いのだ」

リリムは意味深《いみしん》な笑みを浮かべながらオレ達を封印の間へと案内する。

封印の間はこの上層エリアの中でも最上階にあるとのことで、オレ達は彼女の後に続いて螺旋階《らせんかい》段《だん》を上る。

「ここが封印の間なのだ」

階段を上りきった先にあったのは、巨大な……天を仰《あお》ぐほどの扉だった。

オレは思わず固唾《かたず》を呑む。

この先に、ファナを救えるかもしれない〝虚ろ〟の情報がある。

そうして、そのまま扉を開けようとするが――

「……あ、あれ？」

開かない。

力いっぱい押しても、あるいは引いても、扉はビクともしなかった。これは一体……？

「にゃははー、そういうことなのだー。その扉には特殊な封印が施されていて、普通のやり方ではどうやっても開かないのだ」

と、オレの様子を見ていたリリムがそう告げた。

なるほど。確かに、封印の間と言われるだけあるな。

「それじゃあ、どうすればこの封印を解くことができるんだ？」

「それには先代の魔王ガルナザークから〝封印の印《しるし》〟を受け取った三人による解除が必要なのだ」

「三人？」

「そうなのだ。魔王ガルナザーク――つまり、お父様は勇者に敗れる前に、自分が死んでも、この封印の扉の奥に眠る情報が他に渡らないよう、三人の子供に封印術式を与えたのだ。で、そのうちの一人は私、リリムなのだ」

「なるほど。つまり、この扉を開けるには、残り二人のガルナザークの子が持つ封印の印が必要だと」

「そうなのだ」

「で、聞くが、その残りの二人ってのはどこにいるんだ？」

「にゃははー、実はそれが問題なのだー」

オレが問いかけると、リリムは困ったように笑ってはぐらかす。代わりに隣にいたリザードマンが口を開いた。

「ユウキ様。この魔国では現在、魔人同士による内乱が勃発《ぼっぱつ》しております」

「ああ、そんな話は聞いた」

「問題はその内乱の首謀者達です。現在の魔国は、大きく三つの勢力に分かれております。一つは我らウルド領を勢力とする勢力。次にアゼル領を勢力とする勢力。最後に、イゼル領を勢力とする勢力。これら三大勢力それぞれのトップに立つのが、先代の魔王ガルナザーク様の子でもある三人の魔人達なのです」

「ちなみに、アゼル領を治めるのが『第一位』の魔人、長男ベルクール。イゼル領を治めるのが『第二位』の魔人、長女ミーナ・ミーナ。そして、このウルド領を治めるのが私、次女のリリムなのだ」

なるほどねえ。しかし、そうなると数が合わないな。

「残りの魔人はどうなっているんだ？　確か魔人は全部で六人いるんだろう？」

「はい。実はそれが我々の頭痛の種でして……」

「？　というと」

「『第一位』の魔人ベルクールの下には『第五位』の魔人がついており、『第二位』の魔人ミーナには『第四位』の魔人がついているのです。これによって、第一位と第二位の戦力差が埋まり、拮抗《きっこう》状態《じょうたい》にあります。両者が有する軍隊の数でも、ほぼ戦力差はありません。事実上、この二国のどちらかが魔国を支配すると言われています」

「あー、ちなみにウルドは……？」

「にゃははー、お祭しの通りなのだー。私の実力は『第三位』、そのため、私につく魔人はなく、戦力も兄様達には遠く及ばないのだ。三国による緊張状態とは言ったものの、現状アゼルとイゼルが睨み合っていて、我々ウルドはその間に挟まっている状態なのだ。もしも両国が全面戦争に乗り出せば、ウルドはその勢いに呑まれてしまうのは必至なのだ」

「リリム様の言う通りです。魔物の数や兵力においても我々ウルド領は他の二国に大きく劣っています……しかし、今や我々には、三国の緊張を破る戦力がつきました」

リザードマンは期待に満ちた目でオレを見る。

「ユウキ様。あなた様の実力は紛れもなく魔人の中でもトップクラス。いえ、名実ともに魔王様そのもの。あなた様が我らを率いれば、三国の勢力図に大きな変化が現れます。アゼルとイゼルもこのウルドが自分達に匹敵する戦力を持ったと分かれば迂闊には動けなくなります。その隙をついてどちらかを取り込めば、このウルドが魔国全土を支配することも可能となります」

だからリザードマンやリリムはオレを仲間に引き入れようとしたのか。

いくら『魔王』の称号を持っているとはいえ、普段のオレならこんな厄介事に介入しようとは思わなかっただろう。だが、今は事情が違う。

「その二国のトップ――お前と同じガルナザークの血を引く二人の魔人を倒して、この場に引っ張ってこないと、封印の扉は開かないんだろ？　つまり、ファナを救う手段も分からないってことか」

「にゃははは一、そうなるのだな一」

まるで仕組まれたような運命のレールに、オレは思わずため息をこぼす。

やれやれ、イストが言っていた通り、称号を持つと、その称号に沿った運命に導かれるのだと、つくづく実感した。

自由気ままにこの異世界での生活を満喫するはずが、気づけば魔物の国に来て、そこにいる魔物の彼らを率いる羽目になるとは――

もう一つの称号『勇者』に関しても、この魔国の戦乱状態をオレの参戦で止めようというのだから、ある意味で『勇者』の使命である世界平和の実現に貢献《こうけん》しているとも言える。

とはいえ、オレは流されるままに称号の運命に従うわけではない。

これはあくまでもオレの自由意思。オレ自身で選んだ決断の結果である。

大事な娘であるファナを救うための選択だ。その道に戦いが待っているというのなら、もはや迷いはない。

「分かった」

オレはこの場にいるリリム、リザードマン、イスト、ブラック、裕次郎達の顔を見回しながら告げる。

「今より、オレが『魔王』となり、このウルドの地を支配下に置く。とはいえ、これはあくまでもアゼルとイゼルの魔人を倒して魔国を統一するまでだ。その後のことはまた改めて考える。それでも構わないというなら、皆の力をオレに貸してほしい！」

オレの宣言に、リリムとリザードマンが頷く。

「もちろんなのだ！　お父様！」

「このリザードマン。魔王様の命令とあらば、いかなる指示にも従う所存です」

「やれやれ、魔王ノーライフキングの魂を取り込み、さらに二人の魔人を倒したあとは、魔国統一か。お主といると、つくづく飽きないのぉ」

「私は主様の眷属。主様が魔王となり、その道を歩むというのなら、私は主様に従います」

「もちろん、オレも手伝うっすよ！　っていうか、魔王になるとか、ユウキさん超かっけーっす！」

三人もいつもの調子で賛同する。

方針は決まった。目的も定まった。

あとはそれを実践するために、邁進《まいしん》するだけだ。

◇　◇　◇

「……う、うん……」

「気が付いたか？　ファナ」

「……パパ……？　ここ、は……？」

「ここは……魔国だ。ファナを救うためにこの国に来たんだ。これまで、色んなところを移動させてすまなかった。けれど、しばらくはここに落ち着くから、安静にしてくれ」

「……うん、分かった」

あの後オレはリリムに頼み、このウルドの上層エリアの一画を借りて、ファナの救護部屋に当てた。

魔物の中にも治療に長《た》けたものはいるようで、この部屋そのものに生命力や治癒能力《ちゆのうりょく》を増幅させる結界が張られている。

おかげでイストの古城を出て以来、ほとんど眠った状態だったファナが、久しぶりに目を覚ましてくれた。

とはいえ、やはりその顔色は悪く、笑顔も弱々しい。

オレはそんなファナの顔を見ながら、一刻も早くこの魔国を統一し、あの封印の扉を開けなければと決意する。

「……ねえ、パパ。一つだけ、約束してもいいかな……？」

「なんだい、ファナ」

「あのね……元気になったら……また、パパと一緒に遊びたい……花冠をパパにあげたいんだ……」

そう言って、ファナがポケットから手を出した。

そこには、以前古城でオレに花冠をくれた時に使った花が一輪、載っていた。

すっかり萎《しお》れて色褪《いろあ》せてしまったそれが、今のファナの姿と重なる。

オレは溢れそうになった涙を必死にこらえ、ファナの手を握り締める。

「ああ、約束だ。必ずまた一緒に遊ぼうな。その時はオレも、ファナと一緒に花冠を作るよ」

「えへへ……嬉しい……うん、約束、だよ……パパ……」

そう呟き、ファナは静かに瞼を閉じ、再び深い眠りについた。

オレは緩んだファナの手のひらからこぼれた花を受け取り、それを静かに胸のポケットへと収める。

希望はある。

オレが魔王となり、この魔国を統一してファナを救う。

無論、それは簡単な道のりではないだろう。この魔国にある他の二勢力。アゼルとイゼル。そこを支配する魔人達の実力は、オレがあれほど苦戦したリリムのさらに上なのだから。

いくらオレに『アイテム使用』のスキルがあるといっても、下手をすれば命を落とすかもしれない。

だが、今さら引き返すつもりはない。

この戦いの果てに、必ずファナを救う手段を手に入れてみせる。

そう決断した時、ふと、忘れかけていた母の声が響く。

『それじゃあ、行ってくるわね。優樹』

『うん、早く帰ってきてね。ママ』


「――それじゃあ、行ってくるよ。ファナ」

オレは彼女を置いてどこかへ行ったりはしない。必ずここへ戻ってくる。

その誓いを胸に、オレは歩き出すのだった――


【現在ユウキが取得しているスキル】

『金貨投げ』『鉱物化（龍鱗化）』『魔法吸収』『空間転移』『ドラゴンブレス』『勇者の一撃』

『ホーリーウェポン』『魔王の威圧』『デスタッチ』『武具作製』『薬草作製』『毒物耐性』

『呪い耐性』『空中浮遊』『邪眼』『アイテムボックス』『炎魔法ＬＶ３』『水魔法ＬＶ３』

『風魔法ＬＶ３』『土魔法ＬＶ３』『光魔法ＬＶ１０』『闇魔法ＬＶ１０』『万能錬金術』

スキルは見るだけ簡単入手!
~ローグの冒険譚~
SKill Ha MiruDake Kantan nyuusyu!
著 夜夢
yorumu
匠の技も竜のブレスも
見れば完コピ
&レベルカンスト!?

スキルは見るだけ簡単入手!
~ローグの冒険譚~
著 夜夢
yorumu
身寄りのない少年が【神眼】を授かって世直し旅に出る!
匠の技も竜のブレスも
見れば完コピ
&Lvカンスト!!

弱虫テイマーの従魔育成ファンタジー!

冒険者の少年、ルフトは役立たずの“テイマー”。パーティに入れてもらえず、ひとりぼっちで依頼をこなしていたある日、やたら物知りな妖精のおじいさんが彼の従魔になる。それを皮切りに、花の妖精や巨大もふもふ犬(?)、色とりどりのスライムと従魔が増え、ルフトの周りはどんどん賑やかになっていく。魔物に好かれまくる状況をすんなり受け入れる彼だったが、そこにはとんでもない秘密が隠されていた——? ぼっちのテイマーが魔物を手なずけて、謎に満ちた大樹海をまったり冒険する!

◉定価:本体1200円+税　◉Illustration:スズキ

◉ISBN 978-4-434-27265-3

精霊の力を借りて戦う“精霊術師”の少年ニノは、ダンジョンで仲間に見捨てられた。だがそこで偶然、かつて人族と敵対し数百年もの間封印されていた、闇精霊の少女・フィアーと出会い契約することに。闇の力とは対照的に、普通の女の子らしさや優しさも持つフィアー。彼女のおかげでダンジョンから街に帰還したニノは、今度は自らを見捨てたパーティとの確執や、謎の少女による“冒険者殺し”事件に巻き込まれていく。大切な仲間を守るため、ニノは自分の身を顧みず戦いに身を投じるのだった——。

◆定価：本体1200円＋税　◆ISBN 978-4-434-27232-5　◆Illustration：あんべよしろう

底辺から始まった俺の異世界冒険物語

Teihen kara hajimatta
Ore no Isekai Bouken
Monogatari!

【ていへんからはじまったおれのいせかいぼうけんものがたり】

ちかっぱ雪比呂
Chikappa Yukihiro

城を追放されて、
身ぐるみ
剥がされた

でも、意外となんとかなるもんよ？

異世界
大逆転
ファンタジー、
待望の書籍化！

この作品に対する皆様のご意見・ご感想をお待ちしております。

おハガキ・お手紙は以下の宛先にお送りください。

【宛先】

〒150-6008 東京都渋谷区恵比寿 4-20-3 恵比寿ガーデンプレイスタワー 8F
（株）アルファポリス　書籍感想係

メールフォームでのご意見・ご感想は右のＱＲコードから、
あるいは以下のワードで検索をかけてください。

アルファポリス　書籍の感想　検索

ご感想はこちらから

本書はWebサイト「アルファポリス」（https://www.alphapolis.co.jp/）に投稿されたものを、改題・改稿のうえ、書籍化したものです。

神《かみ》スキル『アイテム使用《しよう》』で異世界《いせかい》を自由《じゆう》に過《す》ごします

雪月花（せつげっか）

2020年3月31日初版発行

編集－仙波邦彦・宮坂剛
編集長－太田鉄平
発行者－梶本雄介
発行所－株式会社アルファポリス
〒150-6008 東京都渋谷区恵比寿4-20-3 恵比寿ガーデンプレイスタワー8F
TEL 03-6277-1601（営業）　03-6277-1602（編集）
URL https://www.alphapolis.co.jp/
発売元－株式会社星雲社(共同出版社・流通責任出版社)
〒112-0005東京都文京区水道1-3-30
TEL 03-3868-3275
装丁・本文イラスト－にしん
装丁デザイン－AFTERGLOW
印刷－中央精版印刷株式会社

価格はカバーに表示されてあります。

落丁乱丁の場合はアルファポリスまでご連絡ください。

送料は小社負担でお取り替えします。


ISBN978-4-434-27242-4 C0093